나다움을 지키는 유쾌하고 도발적인 다짐

다이어트를 그만두었다

박이슬(치도) 지음

비타북스

과거에 나는 날씬한 몸으로
행복한 삶을 살고 싶었다.
모두에게 사랑받는
워너비가 되길 원했다.

그러나
내가 이루고 싶은 꿈이
고작 '예쁜 여자'
하나가 아님을 깨달았다.

그보다 더 크고
멋진 꿈을 이루면서
살기로 결심했다.

Prologue

지금 이 순간에도 다이어트를 하고 있을 누군가에게

새벽 3시. 약속한 것처럼 항상 이 시간에 울리는 인스타그램 다이렉트 메시지.

'저는 N살 때부터 다이어트 강박증과 식이장애를 겪었습니다. 다이어트를 하고 있는 지금 이 순간이 너무 끔찍해요. 벗어나고 싶지만 또다시 살찌는 것이 두려워 다이어트를 합니다. 마르고 예뻐지고 싶어요. 그런데 너무 고통스러워요. 어떻게 하면 이 지옥 같은 생활을 그만둘 수 있나요? 일면식도 없는 치도님이 메시지를 읽을지 알 수 없지만 가족과 친구들에게 차마 털어놓을 수 없어서 보냅니다. 죽을 만큼 괴로워요.'

이 메시지의 주인공은 고등학교 3학년 학생이었다. 내게 메시지를 보내는 사람들은 다양하다. 때로는 엄마와 비슷한 연령대의 주부이기도 하고 무용과 학생이기도 하다. 회사원일 때도 있으며 심지어 의대생일 때도 있다. 모두가 하나같이 어떻게 하면 지옥 같은 다이어트의 고리를 놓아버릴 수 있는지 괴로워하며 새벽마다 나를 찾았다. 그럴 때면 나는 어떤 말을 해야 할지 온종일 고민하다가 늦은 밤 조심스레 답장을 보낸다. 그러면 이들은 똑같이 답한다. 들어줘서 고맙다고. 해결된 건 아무것도 없지만 이들은 자신의 이야기를 누군가에게 털어놓았다는 사실에 조금의 후련함을 느끼는 것 같다.

나는 한때 세상에서 제일가는 외모 지상주의자였다. 우습지만 살이 찐 상태의 내 인생은 '가짜 인생'이라고 생각했다. 다이어트 후에 찾아올 행복한 미래와 삶을 꿈꿨다. 가장 예쁜 여자가 되기 위해 너무나도 쉽게 내 몸을 부분 부분 나누어 평가했고 식이장애라는 절벽으로 몰아세웠다. 하지만 다이어트를 그만둔 이후로 삶이 달라졌다. 나는 내추럴 사이즈 모델(44와 88 사이즈 사이의 중간 사이즈를 담당하는 모델. 88 사이즈 이상을 입는 플러스 사이즈 모델과는 다르다)이자 보디 포지티브body positive 운동가로 다시 태어났다.

보디 포지티브. 내 몸을 있는 그대로 사랑하고 긍정하는 것. 눈웃음 지으며 상냥하게 건네는 "있는 그대로의 모습을 사랑하세요. 러브 유어셀프!"라는 말이 사실은 얼마나 잔인한지 사람들은 알아야 한다. 나는 10년이 넘는 시간 동안 내 몸을 혐오하고 미워했는데, 아직도 접히는 뱃살과 넓적한 허벅지, 울퉁불퉁한 셀룰라이트가 보이는데 하루아침에 이 모습을 사랑하라고? 누군가에게는 뜬구름 잡는 소리로 들릴 뿐이다.

나에게 보디 포지티브는 내 몸을 이해하는 과정 그 자체이다. 나는 보디 포지티브 운동가이지만 한편으로 지하철 벽면에 '인생이 바뀐다'며 홍보하는 성형외과 광고를 보면 가끔씩 마음이 흔들리는 평범한 사람이기도 하다. 단지 남들보다 조금 더 빨리 다이어트 강박에서 벗어나고 식이장애를 고쳤을 뿐이다. 다른 건 없다.

한때 나는 외모 지상주의에 일조한 사람이었으며 밤마다 내게 메시지를 보내는 사람들을 괴롭히던 잠재적 가해자였다. 누군가는 분명히 내가 가볍게 던진 외모 농담에 평생 잊을 수 없는 상처를 받았을 수 있으니까. 적어도 그 책임에서 벗어날 수 없다고 생각한다. 때문에 내 평생의 치부라고 생각했던 외모 열등감에 대한 이야기를 차근차근 풀어내볼까 한다. 열등감의 역사는 길지만 후회는 짧을수록 좋으니까.

이 책은 지금 이 순간에도 치킨을 먹고 순간의 식욕을 참지 못한 자신을 미워하고 있을 누군가를 위한 책이다. 365일 다이어트를 하며 올여름도 비키니를 입지 못해 씁쓸해하는 당신을 위한 책이다. 살찐 자신을 부정하고 의지가 약해서 매번 다이어트에 실패한다며 자책하고, 살을 빼야만 진정한 인생과 행복이 시작된다고 굳게 믿고 있을 우리들을 위한 책이다.

'왜 다이어트를 하는 방법에 대한 책은 많은데, 그만두는 방법에 대한 책은 없을까?'

책을 통해 단 한 명이라도 이 의문에 대한 답을 찾을 수 있으면 좋겠다. 완벽한 몸이란 실제로 존재할까? 오늘도 사회가 만든 이상향을 좇아 헤매는 당신이 잠깐 쉬어갈 수 있는 쉼터 같은 글이 됐으면 한다.

2020년 6월

메시지 함을 닫으며

읽기 전에 당부하고 싶은 말

하나, 저는 보디 포지티브를 바탕으로 내추럴 사이즈 모델 활동을 하고 유튜브 콘텐츠를 제작합니다. 그러나 아직도 누군가를 처음 만나면 "영상보다 마르셨네요?" 혹은 "생각보다 살집이 있네요?" 라는 말을 듣습니다. 그래서 여러분과 재밌는 실험 하나를 해보고 싶어요. 첫인상은 3초 안에 결정된다는 말이 있지요. 제 사진과 유튜브 채널을 찾아보는 것은 책을 읽은 다음으로 미뤄주세요. 외모가 아닌 책으로 저를 먼저 만나주세요. 여러분이 상상하는 몸무게와 외모가 아닐지라도 제가 해온 생각과 노력, 열정을 읽으며 보디 포지티브에 관심을 가져줬으면 합니다.

둘, 이 책은 다이어트에 실패한 것을 변명하는 내용이 아닙니다. 제가 다이어트를 그만두었다고 말하면 몇몇 사람들은 세게 "네가 게으른 것을 포장하지 마라" "비만을 합리화하는 건가?"라고 말합니다. 판단은 책을 읽은 후에 해주세요. 책에서 제가 말하고 싶은 메시지는 '다이어트는 사회의 악이니까 하면 안 됩니다! 금지해야 해요'라는 것이 아닙니다. 무리한 다이어트를 그만두는 것은 내 모습 그대로 나를 위한 삶을 사는 방법 중 하나라고 생각해준다면 그것으로 만족합니다.

Contents

2. 예쁘고 날씬해지고 싶었다

3. 다이어트를 그만두었다

4. 이제야 나답게 살기 시작했다

1.

이 몸무게로
사는 한
행복할 수 없어

태어나서 처음으로 내 몸이 부끄럽다고 느꼈다.

'내가 뚱뚱한가?'라는 고민에 빠졌고

인터넷에서 다이어트 방법을 검색했다.

내 몸은 콤플렉스가 되었고

최고의 단점이자 숨기고 싶은 부분이 되었다.

그 당시 내 나이는 고작 11살이었다.

신기하게도 그날 이후부터 나는 몸평(몸매 평가)에 눈을 떴다.

'안 본 사이에 살쪘다'는 말을 들었다

"이슬아~ 포즈~"

사진기자였던 할아버지는 내가 어렸을 적에 사진을 자주 찍어주셨다. 카메라를 든 채 내게 이렇게 저렇게 포즈를 취해보라며 애정 어린 목소리로 말씀하셨다. 그럼 나는 한쪽 다리를 꼬고 브이 모양을 한 손가락을 얼굴에 가져다 대며 한껏 포즈를 취했다. 사진 찍는 게 좋았고 마냥 즐거웠다.

초등학생 때였던 것 같다. 한밤중에 부모님 몰래 텔레비전을 보던 중 케이블 방송의 한 프로그램에 시선을 빼앗겼다. 온스타일 채널에서 방영한 미국 리얼리티 프로그램 〈도전 슈퍼모델〉이었다. 방송에 출연한 모델 지망생들은 정해진 화보 콘셉트를 본인 스타일대로 표현하는 미션을 수행했는데, 그 모습이 신기했다. 심사위원이 화보 사진을 평가하는 장면에서는 미션 사진의 A컷을 보여줬는데 어쩜 저런 사진을 찍을 수 있을까 싶을 정도로 놀라서 넋을 놓고 봤다.

포즈라곤 브이밖에 모르던 나도 언젠가 〈도전 슈퍼모델〉

출연진처럼 사진을 찍어보고 싶다는 생각이 들었다. 방송에서는 모델 지망생들이 런웨이에 서는 장면도 나왔는데 내가 응원하던 출연자가 런웨이를 앞두고 백스테이지에서 긴장할 때면 나도 감정이입이 돼서 두근거리는 마음으로 그 무대를 함께 걸었다. 그때부터 막연하게 모델을 꿈꿨던 것 같다.

그 시절 나는 원체 입이 짧았고 안 먹는 음식이 많았다. 할머니는 내 식습관을 염려하며 한약을 지어주셨다. 한약을 먹은 뒤로 먹고 싶은 음식이 많아지고 가리는 음식이 거의 없어졌다. 특히 피아노 학원 가는 길에 있는 분식집의 와플이 그렇게 맛있었다. 한 개에 500원이었는데 늘 야무지게 천 원을 챙겨서 학원 갈 때 하나, 집에 올 때 하나를 사 먹곤 했다. 음식이 주는 미각의 행복에 빠졌달까. 그렇게 나는 할머니의 사랑과 먹는 즐거움을 누리며 무럭무럭 자랐다.

그러던 어느 날, 내가 모델이라는 꿈을 준비하기도 전에 가슴에 묻어야 했던 사건이 발생했다. 오랜만에 만난 이웃 어르신의 충격적인 안부 인사가 발단이었다.

"어머 얘, 안 본 사이에 살이 왜 이렇게 쪘니?"

얼굴에 달이 떴다는 둥, 날씬했던 애가 왜 이렇게 됐냐는 둥, 먹는 걸 좀 줄여야겠다는 말까지. 대학에 가면 결국 살이 빠진다는 진부한 덕담으로 그날의 대화는 마무리됐지만 쿵쿵대는 심장은 쉽게 진정되지 않았다. 내 몸을 구석구석 살피며 어디에 얼마나 살이 쪘는지 확인해봤다.

그날 이후 의기소침해진 나는 모델이 되고 싶다는 말을 꺼낼 수 없게 됐고 미래에 모델이 된 내 모습을 상상하는 즐거움 또한 잃게 됐다.

하루는 내 몸과 모델들의 몸을 비교해봤다. 큰 키에 바짝 마른 몸. 반면에 나는 키가 작았고 심지어 몸이 더 불어나기 시작할 때쯤이었다. 일단 키가 자라고 살을 뺀 후에야 모델이 되고 싶다고 말할 수 있을 것 같았다. 이때 태어나서 처음으로 내 몸이 부끄럽다고 느꼈다. '내가 뚱뚱한가?'라는 고민에 빠졌고 인터넷에서 다이어트 방법을 검색했다. 내 몸은 콤플렉스가 되었고 최고의 단점이자 숨기고 싶은 부분이 되었다. 그 당시 내 나이는 고작 11살이었다.

신기하게도 그날 이후부터 나는 '몸평(몸매 평가)'에 눈을 떴다. 학급 친구들의 몸과 내 몸을 비교하기 시작했다. 누가 제일 얼굴이 작은지, 누가 제일 허벅지가 가는지, 나는 반에서 몇 번째로 뚱뚱한지, 내가 다시 저 친구의 몸으로 돌아가려면 몇 kg

을 감량해야 하는지, 제일 인기 많은 친구는 어떤 얼굴과 몸을 가지고 있는지까지.

살이 찌지 않았던 일 년 전만 해도 학급 친구들과 진실게임을 하면 "이슬아 우리 반에서 누구누구가 너 좋아한대"라는 이야기가 빠지지 않았다. 동네 어른들은 내가 성인이 되어 미스코리아 대회에 나가면 반드시 1등 할 거라고 말씀하기도 했다. 어쩜 눈이 그렇게 예쁘냐고, 우리 동네에서 이슬이가 제일 예쁘니 시집도 제일 잘 갈 거라는 말을 들었는데 살이 찌고 나니 언제 그랬냐는 듯 나에 대한 시선과 평가가 달라졌다.

누구를 만나든지 항상 안부의 시작은 내가 살찐 것에 대한 놀라움이었다(하지만 더 놀라운 것은 그 당시에는 살이 심하게 찐 것도 아니었다는 점이다). 나는 여전히 성격도 활발하고, 공부도 잘하고, 줄넘기도 잘하고, 발표도 잘하고, 학급 계주선수로 뛸 만큼 운동신경도 좋은데 사람들은 내게 마치 인생이 무너진 것처럼 '다시 살 빼면 돼'라며 위로하고 응원해줬다. 그럼 나는 "그러게요 하하하. 맛있는 게 너무 많아서요"라며 웃고 넘어가는 넉살을 익혔지만 점점 사람들의 눈치를 살피는 날이 많아졌다.

초등학교 고학년이 되니 학급 친구들이 외모 꾸미기에 관심을 갖기 시작했고, 싸이월드 얼짱이 하고 다니는 화장품과 옷이 유행했다. 그 당시 인터넷 소설이 큰 인기를 끌며 여학생들에게 환상을 심어주었다. 소설 내용은 뻔했다. 남자 주인공은 학교에서 소위 잘나가는 얼짱이거나 훈남이고 여자 주인공은 평범하다는 설정. 수수했던 여자 주인공을 친구들이 온갖 화장과 예쁜 옷으로 변신시켜주는 장면이 많았다. 변신한 모습을 본 남자 주인공은 여자 주인공에게 반하고 주변 여자들에게 엄청난 질투를 받는다.

나는 인터넷 소설을 읽을 때마다 예쁘고 잘나가는 학생이라는 타이틀이 반짝여 보였다. 내가 소설 속 여자 주인공이 되려면 꼭 그런 모습이어야만 할 것 같았다.

이런 문화가 유행한 탓일까? 저학년 때는 허물없이 놀던 친구들이 어느 순간 꾸미는 정도를 기준으로 무리가 갈리기 시작했다. 잘 꾸미는 친구는 잘나가는 그룹으로 뭉쳐 흔히 '(잘) 노는' 애들이라고 불렸다.

학급 친구들 사이에서 무리가 형성되기 시작할 무렵, 옆 동네 초등학교에 다니던 내 소꿉친구가 전학을 왔다. 친구는 못 보던 사이에 많이 예뻐졌고 '노는' 무리의 일원이 돼있었다. 나는 꾸미기는커녕 살이 쪄버린 탓에 친구는 내게 아는 척을 하지 않았고 나는 애써 아무렇지 않은 척 이해하려 했지만 속상했다. 분명 성격이 잘 맞는 좋은 친구라고 생각했는데 뚱뚱한 외모 때문에 거절당한 느낌이었다.

나는 확신했다. 살이 찌고 나니 사람들이 나를 대하는 태도가 달라졌다는 것을. 예전에 받던 관심과 인기가 좋았고 다시 돌아가고 싶었다. 날씬한 몸으로 살아온 시간이 더 많으니 금방 돌아갈 것이라 믿었다. 하지만 기대와 달리 내 몸은 2차 성징과 함께 중학교에 입학하면서 되돌릴 수 없을 만큼 변하기 시작했다.

비겁한 열등감의 역사

살이 찐 모습으로 중학교에 입학하니 점점 더 자신감이 하락했다. 초등학교 때는 동네 골목을 휘젓고 다니며 '조폭 마누라'라는 별명까지 얻었는데, 한 번 주눅이 드니 내 시선은 항상 땅을 향해 있었다. 처음 친구를 사귈 때도 무슨 말을 해야 할지, 어떻게 반응해야 할지 도무지 생각나지 않았다. 그냥 머릿속이 새하얘지고 행동은 삐걱거렸다. 그렇게 1학년 때는 적응하지 못하고 반에서 좀 겉돌았다.

다행히도 2학년이 되면서 마음이 맞는 친구를 만났다. 나처럼 살이 통통하게 찐 친구였지만 나와 다르게 겉모습으로 기죽지 않았다. 당당하게 자신이 말하고 싶은 것을 말하고 하고 싶은 것을 했다.

친구는 재주가 많았다. 학교 축제 때 장기자랑에 지원해 무대에 올랐고, 어려운 영어 말하기 수행평가에서 당당하게 만점을 받았다. 그 당시 나와 또래 친구들 대부분이 사춘기를 겪었고 남 앞에 나서기를 부끄러워했던 걸 감안하면 친구의 행동은 참 멋있어 보였다.

그러나 평화롭던 우리의 우정에 균열이 생기기 시작했다. 친구가 일진이라고 불리는 친구들에게 찍혀 미움을 받아 왕따를 당하게 된 것이다. 그때는 남들과 조금 다르게 행동하거나 튀는 행동을 하면 소위 '나대는 애'라고 찍히기 일쑤였고 쉽게 미움을 받았다. 남들이 하는 대로 남들이 생각하는 대로 묻어가야 평화로운 학창 시절을 보낼 수 있었다. 그런데 친구는 본인의 스타일대로 소신 있게 행동했다. 아마 그 모습이 일진 무리에게 미워 보였던 것 같다.

학급 친구들의 얼굴에서 '쟤는 저렇게 자신감 넘칠만한 애가 아닌데 뭘 믿고 나대지?'라는 말이 표정으로 모두 보였다. 왜냐하면 우리는 예쁘지 않고 통통하고 꾸미는 것조차 몰랐던 아웃사이더였으니까.

날이 갈수록 일진 무리의 괴롭힘은 더 노골적이고 심하게 변했다. 우리에게 들리게끔 조롱하고 비웃는 건 일상이었다. 하루는 이동수업 시간이 끝나 교실로 돌아왔는데 친구 책상에 온갖 쓰레기를 올려놓고 낙서로 범벅을 해놓기도 했다. 같이 쓰레기를 치워주고 새로운 책상을 옮기고 친구를 위로해주었지만 한편으로는 내가 그들의 타깃이 될까봐 무서웠다. 머지않아 일진 친구들 위주로 이루어졌던 괴롭힘은 전교생으로 퍼졌다. 아무도 우리와 가까워지려고 하지 않았다.

똑같이 못생기고 뚱뚱한 것들끼리 지낸다는 말도 들었다. 외모에 대한 것은 물론이고 우리끼리 건네는 가벼운 말 한마디도 놀림과 조롱거리가 됐다. 어느 순간부터 친구와 나는 다르다며 선을 긋는 내 모습을 발견하기 시작했다. 친구 때문에 나까지 피해를 본다는 생각이 들었다. 전교생에게 미움받고 싶지 않았기에 나는 쟤와 다르게 이유 없이 당당하지 않고 내 주제를 누구보다 잘 안다는 걸 보여주고 싶었다.

나는 친구가 손가락질 받을 이유가 없었다는 걸 누구보다 잘 알고 있었다. 그래서 나 자신이 더욱 싫었다. 80kg 넘게 살이 쪄버린 모습도, 친구를 좋아하는 내 마음도, 친구 탓이 아님을 아는 것도 모두 부정하고 싶었다. 하루빨리 친구와 멀어지고 다수의 무리에 끼고 싶었다.

교실 앞쪽에는 항상 거울이 걸려있었다. 학급 친구들은 쉬는 시간마다 거울 앞으로 모여 화장을 고치고 고데기를 하며 수다를 떨었다. 나도 그곳에서 함께 어울리고 싶었다. 그러나 내가 거울 앞으로 가면 친구들이 속으로 '네가 거울을 보면 뭐가 달라져?'라고 생각할까봐 무서웠다. 그래서 중학교 시절 내내 교실 거울을 단 한 번도 본 적이 없다. 내 자리와 고작 몇 미터 떨어진 곳이었는데 나에게는 넘을 수 없는 거대한 벽이 막고 있는 것 같았다. 나는 누군가를 향한 부러움과 질투, 자격지심으로 똘똘 뭉친 못난 열등감 덩어리였다. 그래서 벽을 넘고 싶어도 이 못난 마음이 너무 무거워서 넘을 수 없었다.

결국 나는 친구에게 절교를 선언했다. 돌려서 좋게 포장해 말을 건넸지만 결국 '너 때문에 나까지 왕따를 당해서 괴롭다. 버티기 힘드니 너랑 더 이상 친구하기 힘들 것 같다'는 말이었다. 친구는 끝까지 자신은 괜찮다며 웃어 보였다. 오히려 언제 그랬냐는 듯 아무렇지 않게 학교생활을 했다. 원래 본인이 했던 그대로 당당하게.

친구와 멀어지면 학교생활이 조금은 달라질 줄 알았는데 친구와 절교 이후에도 내 삶은 그대로였다. 학급 친구들은 눈치가 빨랐다. 나와 친구가 절교한 사실을 어떻게 알고는 내가 친구를 배신한 X라며 뒤에서 욕을 했다. 그 뒤로도 나는 중학교 시절 내내 마음을 의지할 진짜 친구를 사귀지 못했고 무기력하게 하루하루를 보냈다. 간절히 이루고 싶은 꿈도 없었고 설사 원하는 것이 있어도 내가 해낼 수 있을 거라는 믿음조차 없었다. 그냥 살아있으니까 살았다.

나는 참 비겁했다. 내가 스스로 단단하게 서 있었다면 친구를 감싸 안을 수 있었겠지만 나조차도 내가 싫고 자신이 없었기에 남들의 시선과 평가를 이겨낼 수 없었다. 그래서 참 쉽게 친구를 저버렸다. 10년이 훨씬 지난 지금도 문득 그때가 떠오른다. 내 마음이 편해지려고 나에게 면죄부를 주려고 과거 이야기를 꺼낸 건 아니다. 아마 나는 평생 미안함과 죄책감을 느끼며 살 것 같다. 단지 과거의 나와 비슷한 상황에 놓였다면 남들의 평가는 중요하지 않다고, 그러니까 나와 같은 실수를 하지 말라고 말해주고 싶다.

나는 외모로 사람의 우위를 정하고 무시하고 평가했다. 그 기준에 다른 사람뿐만 아니라 나 자신도 가두었다. 저쪽은 예쁘고 잘나가는 친구들, 그리고 그들을 부러워하는 뚱뚱한 나. 어깨가 넓다니까 몸을 움츠렸고, 목소리가 크다니까 입을 닫았고, 못생겼다니까 거울을 볼 용기조차 없었다. 뚱뚱하다니까 살을 빼려 했고 다수가 내 친구를 마음에 안 들어 해서 친구를 저버렸다. 마음이 좁은 탓에 나에 대한 불신만 깊어졌다.

예쁜 옷, 유행하는 옷, 나도 입고 싶어

살이 찐 뒤부터 옷 사는 것은 나에게 늘 고역이었다. 몸무게가 불어날수록 옷가게에 점차 맞는 옷이 없어졌다. 나에게 어울리는 옷이 무엇인지도 몰랐고 그저 조금이라도 날씬해 보이기 위해 검은색을 고르고, 무조건 엉덩이가 덮이는 기장의 옷을 선택했다. 유행하거나 예쁜 옷들은 모두 사이즈가 작았다.

나의 첫 굴욕 사건은 초등학교 6학년 때 일어났다. 졸업사진 촬영을 앞두고 전교생에게 미션이 내려졌다. 담임 선생님께서는 최대한 깔끔하고 인물이 사는 옷을 입고 오라고 하셨고, 나도 평생 남기는 졸업사진을 예쁘게 찍고 싶었다. 그래서 엄마 손을 잡고 쇼핑에 나섰다. 동네 백화점과 길거리 옷가게를 모두 돌았는데 내 마음에 쏙 드는 화려한 색에 예쁜 프린팅이나 레이스로 장식된 옷은 하나같이 사이즈가 작았다. 엄마는 옷을 억지로 끼워 입은 나를 보며 고개를 저었다.

그러다 동네에서 유명한 아동복 가게에 들어갔다. 마찬가지로 점원은 처음에는 이것저것 의욕적으로 추천하다가 사이

즈가 안 맞자 남자아이 옷은 어떠냐고 물어봤다. 깔끔하게만 입으면 이런 옷도 괜찮다고, 여자아이도 충분히 입을 수 있다며 설득했지만 나는 그때부터 이미 울고 싶었다. 그렇게 건네받은 옷은 군청색에 줄무늬가 그려진 카라 티셔츠였다. 엄마는 그나마 이게 제일 낫다며 나에게 사주셨다.

결국 나는 남자아이 옷을 입고 평생에 한 번뿐인 초등학교 졸업사진을 찍어야만 했다. 기분이 썩 좋지 않았지만 사진작가님이 학생 웃으라며 열심히 촬영해주시는 모습이 감사해 애써 미소를 지었다.

몇 달 뒤 졸업사진을 받은 나는 친구들과 웃으며 1반 사진부터 한 장씩 구경했다. 그러던 중 한 페이지에서 시선을 뗄 수 없었다. 거기에는 나와 똑같은 옷을 입은 채 웃고 있는 다른 반 남학생의 사진이 있었다. 순간 얼굴이 화끈거리면서 어디론가 숨고 싶었다. 왜 하필 내가 남자 옷을 입어서. 안 그래도 얼굴이 통통하게 나와서 속상했는데 더 이상 졸업사진을 볼 용기가 나지 않았다. 그냥 사라지고 싶었다. 그 남자애도, 아니 전교생이 분명히 사진을 볼 텐데 남자 옷을 입은 나를 보고 어떤 생각을 할까 싶어서 마음이 불편했다.

다행히 친구들은 눈치를 못 챈 것 같지만 몇 번씩 돌려보면 알아챌 것 같아서 계속 눈치를 봤다. 그날은 온종일 끙끙 앓다가 집에 와서 펑펑 울었다(물론 지금은 남자 옷이 편해서 잘 입는다). 그러나 첫 굴욕의 쓰라린 아픔은 오래가지 못했다.

2000년대 초반에는 펑퍼짐한 스트리트 패션이 유행했다. 나 역시 여느 10대와 다르지 않게 유행하는 스트리트 패션에 관심이 많았다. 그 당시 10대 여학생들 사이에서는 싸이월드 얼짱 반윤희 언니가 우상이었고 언니가 착용한 박스티, 카고바지, 니삭스, 통통한 보드화 등 모두 인기였다. 그중 넉넉한 사이즈의 카고바지는 전국적으로 대유행을 했다. 모두가 박시한 카라 티셔츠나 후드티에 6부나 7부 정도 되는 길이의 카고바지를 입었다. 카고바지 정도의 넉넉한 사이즈면 나에게도 맞겠다는 생각에 희망이 보였다.

그렇게 나는 졸업사진의 굴욕을 까마득하게 잊고 엄마를 조르고 졸라 온라인 쇼핑몰에서 황토색 카고바지를 주문했다. 드디어 남들처럼 유행하는 예쁜 옷을 입을 수 있다는 기대감과 행복으로 택배가 오기만을 손꼽아 기다렸다.

택배 상자를 열고 카고바지를 입은 순간, 아 이게 아닌데… 카고바지를 입은 내 모습은 내가 원하던 그 '핏'이 아니었다. 얼짱과 쇼핑몰 모델이 입고 주변 친구들이 입었던 넉넉하고 스타일리시한 핏이 아니었다. 어정쩡한 길이와 헐렁이는 품은 내 우람한 다리를 더욱 부각시켰다. 부모님은 거울 앞에 선 내 모습을 보시며 안쓰럽다는 듯 한마디씩 하셨다.

"남의 옷 얻어 입은 것 같네…"
"어휴, 종아리가 더 굵어 보이잖아."

나는 허허실실 웃으며 넘겼다. 그러나 마음은 지옥 같았다. 나는 내 몸이 창피해 그 상황에서 얼른 벗어나고 싶었다. 굴욕적인 경험이 쌓일수록 자신에 대한 부정과 혐오감이 쌓였고 내 마음을 남에게 들키고 싶지 않아 태연한 척했다.

어쩌다 교복을 벗고 사복을 입는 날은 그야말로 우울한 날이었다. 바지 안에 티셔츠를 넣어 입는 스타일이 멋스러워 보였는데 내가 그렇게 입으면 배가 불룩 튀어나와 바지 단추가 위태로워 보였다. 옷에 관심이 많아서 늘 해외 스트리트 패션, 연예인 사복 패션을 검색해 사진을 많이 저장했었다. 사진 속 패피(패션 피플)들은 하나같이 날씬했다. 그래서 막연하게 나도 살 빼서 이렇게 입어야지, 언젠가는 나에게도 옷을 잘 입을 날이 오지 않을까 기대했다.

패피들의 사진을 한참 들여다보다 문득 거울을 보면 내 몸의 부족한 부분만 보였다. 몸을 조각조각 나누어 평가했다. 어깨가 넓어 보이네, 등살이 접히네, 허벅지가 더 두꺼워 보이네, 이런 옷은 어울리지 않겠지, 나는 언제쯤 입어볼 수 있을까… 아, 그냥 내 몸뚱이가 문제구나. 살찐 내가 죄인이지. 옷을 잘 입는다는 것은 먼 나라의 일이었고 친구들처럼 예쁜 옷, 유행하는 옷을 입어보고 싶어도 맞는 사이즈를 찾기 어려웠다. 옷이 나에게 어울리는지조차 가늠할 수 없어지자 옷을 살 용기가 사라졌다.

점차 살이 더 찌면서 쇼핑이 무서워졌다. '32사이즈 주세요' '34사이즈 주세요'는 금세 '36사이즈 있나요?'로 바뀌었고, 그 사이즈는 없다고 대충 말하는 점원의 태도에 눈치가 보였다. 옷 가게에 들어가도 내 몸을 슥 보고 인사조차 하지 않는 점원들의 모습에 상처를 받았다.

한번은 중학교 2학년 수학여행을 앞두고 친구들과 고속버스터미널 지하상가로 쇼핑을 갔다. 이미 나는 나에게 맞는 옷이 없을 거라는 사실을 알고 있었다. 그러나 친구들과 어울리며 추억을 쌓고 싶어서 함께 쇼핑을 갔고 친구들의 옷을 열심히 골라줬다. 한 친구가 "이슬아 너는 옷 안 사?"라고 물어보면 마음에 드는 옷이 없다고 말하거나 제일 저렴한 5천 원짜리 티셔츠를 집어 들었다. 이 정도 가격이면 사이즈가 안 맞아서 버리거나 남에게 줘도 배가 아프지 않을 것 같았다.

엄마가 나를 옷가게에 데려가도 나는 관심 없는 척 입을 꾹 다물고 있었다. 관심 있어서 이것저것 골랐는데 결국 사이즈가 안 맞는 부끄러운 모습을 보이기 싫었다. "몇 사이즈 찾으세요?"라는 점원의 질문에 엄마가 아무렇지 않게 큰 목소리로 내 사이즈를 공개하는 것도 싫었다. 그래서 나중에는 옷을 사지 않았다. 아니, 옷 사는 것을 포기했다. 어차피 안 어울리거나 사이즈가 안 맞을 텐데 기대가 크면 실망도 큰 법이니까. 나는 쇼핑하는 대신 엄마 옷을 뺏어 입었다. 10대의 어린 애가 입기에는 어른스러운 옷이었지만 그나마 엄마 옷이 낫다고 생각했다. 그런 내 모습이 불쌍하고 서러웠다.

'이 몸을 가지고 있는 한 나에게 행복한 일은 없겠구나.'

머릿속은 온통 내 몸과 내 인생이 잘못된 것 같다는 생각으로 가득했다. 거울에 비친 내 얼굴은 볼 때마다 마음에 안 들었고 굵고 펑퍼짐한 허벅지를 보면 우울했다. 내 몸을 바라볼 때면 마음에 안 드는 것들 투성이고 빨리 바로 잡아야지만 진짜 내 삶을 살 수 있을 것 같았다. '진짜 나'는 살에 묻혀 있다고 생각했다.

목표는 몸무게 48kg

고등학교에 진학하고 새 학기를 보낼 무렵 우연히 김수영 작가님의 책《멈추지 마, 다시 꿈부터 써봐》를 읽었다. 저자는 KBS 〈도전! 골든벨〉에서 실업계 고등학교 출신으로 첫 골든벨을 울렸고, 대학 졸업 후 세계 최고의 투자은행인 골드만삭스에 취직한 능력자였다. 그러던 어느 날 저자는 암 진단을 받고 인생에 대해 진지하게 고민하기 시작했다고 한다. 책은 저자가 죽기 전에 해보고 싶은 73가지 버킷리스트를 작성하고 이뤄가는 이야기다.

책 초반부에서 저자의 암울한 어린 시절 이야기를 읽을 때 내 모습과 비슷하게 느껴졌다. 이 사람은 도대체 우울한 시절을 어떻게 이겨낸 걸까? 73개의 꿈 목록을 적었다고? 하고 싶은 것이 많아서 부럽다. 나는 하고 싶은 것도 없는데.

처음에는 순전히 호기심으로 페이지를 넘겼는데 이야기가 진행될수록 눈을 뗄 수 없었다. 저자가 다양한 꿈에 도전하고 이루는 모습을 보며 심장이 쿵쾅거렸다. 이 사람도 해냈으니까 나도 할 수 있지 않을까? 결국 뭐든지 해보지 않으면 모른다, 성

공하든 실패하든 일단 해봐야 아는 것이라는 한 마디가 가슴에 꽝 박혀서 눈물이 났다. 일단 버킷리스트부터 써보고 싶다는 생각이 들어서 노트에 내가 무엇을 하고 싶은지 밤새 적어봤다.

하나, 다이어트 성공하기. 제일 첫 번째로 적은 버킷리스트는 다이어트였다. 무슨 일을 하든지 일단 날씬한 몸은 필수라는 생각이 들었다. 다이어트를 해서 과거에 예뻤던 내 모습을 되찾고 당당하게 살고 싶었다. 목표는 48kg!

둘, 베스트셀러 작가 되기. 글짓기 대회에서 상을 자주 받았던 초등학교 시절을 떠올렸다. 시와 글을 좋아하기에 언젠가 내가 쓴 글로 책을 출간하고 베스트셀러 작가가 된다면 참 좋을 것 같았다.

셋, 학교 임원 해보기. 중학교 때 멋있다고 생각했던 친구들이 몇 명 있었는데, 그중 학교 임원을 했던 친구가 있었다. 친구들과 선생님까지 모든 사람들에게 지지와 애정을 받는 모습, 당당하고 똑 부러지게 연설하는 모습이 멋있어 보였다. 생각해보니 내가 그렇게 되고 싶다는 걸 깨달았다.

넷, 오지 여행 떠나기. 김수영 작가님의 영향이 무척 컸다. 나도 이왕 태어났으니 한 번쯤은 히말라야 같은 오지로 여행을 떠나봐야 할 것 같았고 살다보면 언젠가는 할 수 있지 않을까 싶었다.

이외에도 번지점프 하기, 내 힘으로 해외여행 다녀오기, 많은 사람 앞에서 강연하기, 김수영 작가님 만나기, CF 출연하기, 수능 만점 받기, 동방신기 만나기, 달에 가보기 등 그동안 마음 속에 막혀 있던 무언가가 뚫린 것처럼 내 손은 거침없이 원하는 것을 적었다. 또 내가 해보고 싶었던 게 뭐였을까 고민하던 중 과연 될까 싶은 마음으로 머뭇거리며 하나를 적었다.

'다섯, 모델 아르바이트하기.'

패션 업계가 요구하는 하이 패션 모델의 기준은 너무나 정확했다. 내 키는 170cm도 안 되기 때문에 감히! 언감생심! 모델이 되겠다고는 적지 못했다. 이 정도는 괜찮겠지 싶은 마음으로 모델 '알바'를 해보고 싶다며 소심하게 적었다.

버킷리스트를 모두 적고 나니 뿌듯함이 몰려왔다. 나는 그동안 하고 싶은 것이 없는 게 아니었구나 안심이 됐다. 그저 스스로 해낼 수 있다는 걸 믿지 못해서 애초에 꿈을 포기한 상태였다는 걸 깨달았다. 흘려보낸 중학교 때와 달리 후회 없는 고등학교 시절을 보내고 싶었다. 그래서 용기를 내보기로 했다.

중학교 3년을 우울하게 보내고 나니 나를 잘 알지 못하는 사람들이 있는 곳에서 인생을 새롭게 시작하고 싶었다. 고등학교 진학은 그 소망을 이루기에 제격이었다. 대부분의 중학교 동창들은 졸업 후 서로 뿔뿔이 흩어지는 걸 아쉬워했지만 나는 후련했다. '나댄다'는 말로 얼룩졌던 나의 중학교 시절 이제 안녕.

설사 고등학교에서도 '나댄다'는 질타를 받게 되더라도 용기를 내보기로 했다. 한때 친구에게 어떻게 말을 걸어야 할지 고민만 하고 주저하다가 은따가 된 적이 있다. 친구가 나를 어떻게 생각할지 미리 겁먹지 말고 눈치보지 않기로 했다. 긴장하지 않고 편안한 모습으로 꾸밈없이 고등학교 새 친구들에게 다가갔더니 내 모습이 재미있다며 친해지고 싶다고 말해주는 친구들을 사귀게 됐다.

고등학교 생활이 즐거워지자 좀 더 적극적으로 학교생활을 하고 싶었다. 학교 게시판에는 종종 교내외 활동 공고가 붙었는데 나는 게시판을 기웃거리며 재미있어 보이는 활동에 신청했다. 그중 하나가 해외 탐방이었다. '영어를 못 하는데' '한 번도 안 가봤는데' '같이할 친구가 없는데'라며 걱정하던 소극적인 태도를 버렸다.

해외 탐방 인원으로 선발돼 2주 동안 카자흐스탄에 다녀온 덕분인지 나는 선생님들의 추천으로 학교 대표로 뽑혀 다양한

교외 활동 프로그램에 참여할 수 있었다. 용기를 냈을 뿐인데 반신반의하는 마음으로 적었던 버킷리스트가 하나씩 이뤄지고 있었다. 2학년 때는 당당하게 전교 회장 선거에 지원했다. 그러자 선생님께서 칭찬해주셨고 학급 친구들은 멋있다며 내 어깨를 두드려줬다. 용기를 낸 덕분일까? 다들 나를 믿고 지지해줬고 나는 전교 부회장이 되었다. 고등학교 내내 용기는 나를 성장시켜줬다.

하지만 결코 이루기 쉽지 않았던 버킷리스트가 하나 있었다. 바로 다이어트 성공하기. 활동량이 많아진 덕분인지 중학교 때보다 살이 빠졌지만 여전히 나는 뚱뚱했다. 다이어트에 매진하자니 명문대학교에 입학하겠다는 목표가 흔들렸고, 앉아서 공부만 하자니 허벅지와 엉덩이에 집중적으로 살이 쪘다. 그래서 포기하지 않고 몇 가지 다이어트에 도전했다.

대학 가면 정말 살 빠지나요?

학업에 지장을 주지 않는 선에서 다이어트를 병행하고 싶었다. 그래서 한 번은 반식 다이어트에 도전했다.

건강하지 않은 다이어트 방법인 건 알았지만 할 수밖에 없었던 사건이 있었다. 고등학교 1학년 때부터 친했던 친구가 어느 날부터 고구마를 싸 들고 다니기 시작했던 것이다. 친구는 나와 비슷하게 오동통하니 살이 올라있었는데, 갑자기 고구마로 원푸드 다이어트를 한다고 했다. 동아리 부장 자리를 맡게 된 후 멋진 부장 누나로서 신입생을 많이 끌어오고 싶다는 것이 그 이유였다.

친구는 급식마저도 전혀 먹지 않고 몇 주 동안 고구마로 버텼다. 하루에 고구마를 많으면 3개, 적으면 1개만 먹으며 점점 야위어가는 친구의 모습을 보니 나도 마음이 조급해졌다. 비슷한 처지에 있던 친구가 살이 쫙 빠진 모습을 보니 질투가 나기도 했다. 나는 속으로 '굶어서 빼는 살은 금방 요요가 온다'고 애써 합리화했다. 원푸드 다이어트보다 그나마 건강하다고 생각해 선택한 방법이 바로 반식 다이어트였다.

반식 다이어트는 하루에 먹던 양의 절반만 먹는 일종의 식이조절 다이어트인데, 이 방법이라면 요요가 오지 않을 것 같았다. 무엇보다 아침부터 야간 자율학습 시간까지 학교에서 대부분의 시간을 보내는 나도 할 수 있어 보였다. 늘 급식 메뉴표를 책상 서랍에 넣어놓고 (맛있는 메뉴가 나오는 날에는 형광펜으로 동그라미를 쳐놓기도 했다) 학교에 도착하자마자 그날의 급식 메뉴는 무엇인지 찾아보는 게 소소한 낙이었기에 평소보다 절반만 먹으면 큰 효과를 볼 수 있을 것 같았다.

그 당시 나는 급식팸fam 친구들과 어울려서 석식을 먹었다. 우리의 목표는 '맛있는 메뉴를 많이 먹는 것'으로 목표가 명확했고 행동은 꽤나 주도면밀했다.

우리는 급식을 받을 때 영양사 선생님께 살갑게 인사하고 급식실에 자주 방문하며 친분을 쌓았다. 그리고 석식 시간이 되면 한 번 배식 받은 음식을 가능한 천천히 먹으며 다른 친구들이 다 먹을 때까지 기다렸다. 이후 급식실에 우리만 남게 되면 배식대로 달려가 남은 맛있는 음식을 산처럼 쌓아 잔뜩 먹어 치웠다. 급식만이 우리의 행복이었고 공부에 지친 나에게 줄 수 있는 위로였다.

그러나 반식 다이어트를 시작하니 모든 맛있는 메뉴를 돌같이 대해야만 했다. 무엇보다 특식이 나오는 수요일에는 식탐을 참기가 곤욕이었다. 내가 좋아하는 돈까스, 스파게티, 제육볶음이 나오는데 절반만 먹어야 하니 여간 스트레스가 아니었다.

다이어트를 하는 동안 중식과 석식을 부실하게 먹었더니 야간 자율학습을 할 때면 늘 뱃속에서 꼬르륵 소리가 났다. 때때로 배고픔을 이기지 못하고 야식을 먹기도 했다.

공부도 마음대로 안 돼서 스트레스 받는데 여기에 다이어트 고민까지 더해지니 이건 못 할 짓이라는 생각이 들었다. 큰 효과를 본 것도 아니고 스트레스만 받으면서 아까운 시간만 흘러갔다. 결단을 내려야 했다.

'대학에 가면 살이 빠진다고 했어. 그때 더 노력해서 열심히 다이어트해보자!'

2보 전진을 위한 1보 후퇴 전략이었다. 내가 꿈꾸던 예쁜 여고생의 모습으로 풋풋한 학창 시절을 보내는 건 포기해야 했지만 그보다는 내 미래를 더 생각했던 것 같다. 대입이라는 중대사를 앞두고 있기에 다이어트를 잠시 미뤄두는 것이지 결코 잊은 게 아니라며 마음을 다잡았다.

버킷리스트로 인해 내 고등학교 생활이 바뀌었고 점점 목표달성에 가까워지고 있으니 남은 일은 예뻐지는 것뿐이었다. 대학에 합격하고 다이어트에 성공하면 더 완벽하고 멋진 삶이 찾아오리라. 매일 밤 희망에 부푼 상상을 하며 잠에 들었다.

연애하면 예뻐진다는 말에 관하여

다이어트를 잠시 미루고 공부에 전념한 덕분인지 나는 원하던 대학교에 합격했다. 입학식을 앞둔 2월에는 예비 신입생들 사이에서 온·오프라인 모임이 다양하게 이뤄졌다. 나는 한 온라인 모임에서 알게 된 남학생과 페이스북으로 대화를 나누게 되었다. 말이 잘 통하고 생각도 비슷해서 호감이 쌓이던 중 신입생끼리 떠나는 엠티에서 운명처럼 같은 조가 되었다.

출발 장소는 학생회관 앞 공터. 떨리는 마음으로 이름표를 받고 내가 속한 조가 있는 곳으로 갔다. 그곳에는 먼저 도착한 친구들이 있었는데, 그중 나와 대화를 나눴던 남학생이 누구일지 열심히 찾았다. 그리고 돌아온 자기소개 시간. 나는 조심스레 자기소개를 했고 이어서 한 남학생이 자기소개를 했다.

"안녕하세요. 저는 ○○○학과 13학번 ○○○입니다."

네가 바로 그 아이구나! 우리는 약속이라도 한 듯이 눈을 마주치고 웃었는데 말을 안 해도 서로가 누구인지 알 수 있었다.

진부하지만 나는 그 순간 사랑에 빠졌다는 말로밖에 설명할 수 없었다. 로맨스 소설에 나오는 말들을 그제야 이해할 수 있었다. 사랑에 빠지는 순간에는 시간이 느리게 흐른다는 말도, 주변 소음이 들리지 않고 오로지 상대의 목소리만 들린다는 말도 모두 느낄 수 있었다. 그 후 우리는 사귀게 되었다.

나는 학과 생활도, 그렇게 좋아하던 대외활동도 하고 싶지 않았다. 남자친구와 섬처럼 있고 싶었다. 남자친구는 훈훈한 외모에 다정다감한 성격이라 학과 동기와 선배들에게 자주 불려 다녔다. 남자친구를 좋아하는 마음은 컸지만 남자친구의 인기 때문인지 마음이 복잡했다. 나는 남자친구에 비해 평범했고 여전히 통통했으니까.

남자친구가 내게 '예쁘다' '귀엽다'고 말해줘도 나는 전혀 그렇게 느끼지 못했다. 남자친구가 나를 좋아한다고, 나와 오래오래 사귀고 싶다고 말해줘도 믿을 수 없었다. 오히려 나를 왜 좋아하는지 이해가 안 됐다. 그때부터 불행이 시작된 것 같다.

넓은 캠퍼스를 매일 걸어 다녔더니 1학기 종강 무렵에는 놀랍게도 살이 59kg까지 빠져 몸무게 앞자리가 바뀌었다. 그러나 여전히 내 눈에는 통통해 보였고 더 예뻐져서 남자친구가 나를 더 좋아하게 만들고 싶었다. 동기 중 나와 가장 친했던 친구는 학부에서 예쁘다고 소문난 아이였다. 친구에게 메이크업과 옷 입는 법, 고데기 하는 방법까지 배웠다.

나는 아르바이트를 해서 번 돈을 몽땅 데이트와 쇼핑에 사용했다. 예전과 다르게 맞는 사이즈의 옷이 많아져서 기뻤지만 여전히 핏은 마음에 들지 않았다. 옷에 내 몸을 끼워 맞추고 싶어 조바심이 났고 온통 다이어트 생각뿐이었다. 그래서 학과 공부는 소홀히 하고 다이어트하는 법을 열심히 연구했다. 최소한의 노력으로 살을 많이 뺄 수 있는 방법은 무엇이 있는지, 내가 고민하는 부위의 살은 왜 찌는지, 살이 빠져도 어떻게 해야 가슴은 지킬 수 있는지, 정체기와 요요현상은 어떻게 극복할 수 있는지 등 수많은 이론을 노트에 빼곡히 적었다. 다행히 노력은 나를 배신하지 않았다. 하루는 남자친구가 주변 사람들이 나에 대해서 말한 내용을 내게 들려줬다.

"이슬아~ 학과 동기가 너보고 분위기 미인이래."

이 한마디가 너무나 듣기 좋았고 남자친구에게 잘 어울리는 사람이 된 기분이었다. 비록 중고등학교 시절은 마음에 들지 않은 모습으로 지냈지만 이제야 비로소 내 존재를 인정받은 느낌이었다. 남자친구가 내 기분을 좋게 만들어주려고 억지로 하는

말이 아니라 주변에서 들은 이야기를 자연스레 들려줄 때마다 뿌듯했다. 비록 59kg의 통통한 몸이고 목표로 하는 40kg대의 몸무게가 아니지만 비로소 달콤한 평가들을 듣게 되니 좋았다. 그 뒤로 나는 남자친구에게 가끔씩 “나 예뻐? 얼마만큼 예뻐?” “그래서 그 친구가 뭐라고 그랬어? 나 어떻대?” “나 밤새서 좀 초췌했는데 괜찮았대?”와 같은 외모 평가에 대해 물어보고 확인받았다. 더 노력하면 더 많이 인정받고 좋은 평가를 들을 수 있을 것 같았다. 외모 평가가 좋아야 내 가치가 높아진다고 생각했다.

몸무게가 59kg까지 줄어든 김에 살을 더욱 빨리 빼고 싶어서 밥을 자주 굶었다. 신기하게도 남자친구를 보면 배가 고프지 않았다. 언제부터인지 생리불순이 시작됐으나 스트레스를 많이 받아서 그런 거라고 대수롭지 않게 넘겼다.

어느 날은 학교 가는 지하철 안에서 쓰러지기도 했다. 숨이 잘 안 쉬어지고 속이 울렁거리다 눈앞이 깜깜해지면서 온몸에 힘이 풀려 그대로 주저앉았다. 의사 선생님은 기립성 저혈압이라고 했다. 잘 챙겨 먹고 건강을 관리하는 방법밖에 없다고 했다. 하지만 건강 따위는 신경 쓰지 않았다. 젊으니까 금방 회복될 거라는 생각으로 크게 걱정하지 않았다. 머릿속에는 ‘어떻게 더 살을 뺄까' 하는 고민만 가득했다.

그 뒤로도 지하철에서 몇 번 더 쓰러졌다. 사람들의 부축을 받아 7호선과 2호선 사이의 역무실 대부분을 방문해보기도 했다. 갈수록 건강 상태는 악화되었으나 점점 얇아지는 팔목의 느낌이 좋았고 또렷해지는 쇄골이 나를 행복하게 해주었다. 그렇게 겉모습은 점점 가냘프고 청순해졌지만 왠지 모르게 마음은 공허했다.

남자친구에게는 말하지 않고 티내지 않았지만 나는 데이트를 하고 집에 돌아오면 우울한 생각에 빠져 자주 울었다. '어느 날 갑자기 이별 통보를 받는다면?' '내가 질리거나 싫어졌다고 말한다면?' '더 예쁜 여자와 사랑에 빠져 내가 버려진다면?' 온갖 부정적인 상황을 떠올리며 나 자신을 못살게 굴었다. 도저히 행복한 미래가 그려지지 않았다. 남자친구와 내가 해피엔딩에 도달하기까지 멀고 험난한 길을 견뎌야만 할 것 같았다. 남자친구만큼 나를 사랑해주는 사람을 못 만날 것 같았고 그래서 남자친구가 언젠가 나를 떠날지 모른다는 불안감을 안고 살았다.

나의 첫 연애는 서툴고 달콤했지만 그만큼 버거웠다. 내 인생에 정작 나는 없었다. 나 자신을 사랑하는 법을 몰랐고 자존감이 낮았다. 남자친구가 주는 사랑으로 그 자리를 대신 채웠다. 자신을 사랑하는 방법조차 모르는 사람이 어떻게 누군가에게 안정적인 사랑을 줄 수 있을까? 지금 생각하면 너무 당연한 결과지만 결국 건강하지 못한 사랑은 끝도 건강하지 못했다.

남자친구와 헤어지고 몇 개월 동안 방황했다. 나에게 예쁘다, 귀엽다, 사랑한다고 매일 말해주던 사람이 하루아침에 사라졌으니 빈자리가 더 크게 느껴졌다. 조급한 마음에 위태로운 일상을 채우려고 누구보다 열심히 다른 사람을 만나봤지만 뜻대로 잘 되지 않았다. 그럴 때일수록 나는 내 외모가 충분하지 않아서 그렇다는 피해의식에 사로잡혔다. 모든 부정적인 상황의 결론을 외모 탓으로 넘겼다.

남자친구와의 연애에 올인하며 대학 생활의 절반을 보내고 나니 꿈도, 사랑도, 인간관계도 내 마음대로 이룬 것이 없었다. 나는 불행한 생활의 원인이 내 몸 때문이라고 결론지었다. 살이 쪄서 내 인생이 망가지기 시작했고 살 때문에 내 앞길이 막혀있는 것 같았다.

2.

예쁘고
날씬해지고
싶었다

손가락을 목 깊숙이 찔러 넣었다.

그러자 바로 몸이 반응했다.

목을 타고 올라오는 무언가에 거북함을 느끼면서도 안도감이 들었다.

미친 듯이 뛰던 심장이 한 번 두 번 손가락을
찔러 넣을 때마다 천천히 가라앉았다.

이상할 만큼 그 상황이 겁나지도 두렵지도 않았다.

오히려 오늘은 살찔 일이 없다는 생각에 해방감을 느꼈다.

인생을 건 마지막 다이어트

실연의 상처로 뒤범벅되었던 대학교 2학년 2학기. 정신을 차려보니 어느새 대학 생활의 절반이 지나가 있었다. 연애에 올인한 탓에 나에게 남은 것은 아무것도 없었다. 대외활동도 공부도 모두 뒷전이었으니 이룬 것이 별로 없는 건 당연한 결과였다(심지어 모은 돈도 없었다). 20살의 추억도 21살의 경험과 도전도 없이 2년이 통째로 날아간 기분이었다. 결정적으로 살도 다시 쪘다.

생각이 너무 많아지자 연말에는 도피하듯 삼촌과 외숙모가 계신 상하이로 떠났다. 삼촌과 외숙모는 10여 년간의 중국 생활로 알게 된 현지인 맛집에 나를 데려갔다. 나는 기름지고 맛있는 중국 요리를 먹기 바빴고 삼촌은 잘 먹는 나를 보며 기뻐서 먹이기 바빴다.

외숙모는 적적하던 참에 조카가 와서 반가웠는지 맥주를 박스째로 사놓으셨다. 두 분의 애정을 독차지하며 놀고 싶은 만큼 놀았던 나는 어느새 살이 통통하게 찐 몸을 마주하게 되었다. 내 계획은 상하이에서 새해를 맞이하고 새 출발하는 거였는데 또다시 살과의 전쟁이 시작된 거였다.

한국으로 돌아온 뒤 나는 63빌딩 꼭대기 층 기념품 숍에서 아르바이트를 했다. 남은 방학 동안 돈을 벌면서 상하이에서 찐 살을 빼겠다는 계획이었다.

인생이 계획한 대로 움직인다면 얼마나 좋을까? 불행하게도 아르바이트를 했던 회사의 구내식당은 최고였다. 점심 메뉴가 두 가지 코스로 나뉘었고, 한 코스 안에서도 맛있는 메뉴가 넘쳤다. 배식도 먹고 싶은 만큼 양껏 받을 수 있고 한 번에 두 가지 코스를 먹는 것도 가능했다.

8시간 동안 서서 기념품을 팔아야 하는 아르바이트는 생각보다 고되었다. 아르바이트로 몸과 마음이 지칠 때마다 음식의 유혹은 더욱 강렬했다. 조절해서 먹겠다고 마음먹으면 오히려 더 먹고 싶은 마음이 간절해졌다. 결국 살을 빼기는커녕 오히려 살이 더 쪄버리는 상상하기 싫은 일이 벌어졌다. 음식 하나로 기분이 좌지우지되는 나 자신을 이해할 수 없었다.

결국엔 제자리. 의지도 노력도 없이 다이어트가 작심삼일로 끝나는 모습에 스스로 실망했다. 이상하게 다른 일들은 열정적으로 잘만 도전하는데 음식 앞에서 의지가 약해지는 내 모습이 어이가 없었다. 계획은 잘 세웠는데, 계획대로만 하면 성공할 것 같은데 매번 예상치 못한 일들이 벌어져서 내 계획을 방해하는 것 같다는 생각이 들었다. 순간 한 생각이 머릿속을 스쳐 지나갔다. 만약 이런 환경을 벗어나 모든 것을 내가 통제할 수 있게 된다면?

이제는 나에게 공부해야 할 수능 시험도 없고 졸업은 조금 먼 훗날의 이야기였다. 만약 나를 자유롭게 통제할 수 있는 시간이 생긴다면? 그 순간 내가 할 수 있는 모든 종류의 계획이 떠오르기 시작했다. 남들이 자격증 공부할 때, 학비를 벌 때, 배낭여행을 갈 때 쓴다는 바로 그 찬스. 휴학계를 사용하기로 했다.

개강 여신 되기 프로젝트

사실 내 의지가 너무 약한 것 같아서 누군가 나를 관리해주길 바라던 시절이 있었다. 마침 유행하던 다이어트 프로그램이 있었는데, 바로 헬스 트레이너가 다이어트 체험단을 모집해 체중 감량을 도와주고 비포&애프터 사진을 찍어 사람들에게 보여주는 프로그램이었다. 나도 다이어트 비포 사진을 찍어서 프로그램에 신청했다. 내 눈에는 비포 사진이 너무 끔찍하고 뚱뚱해 보였지만 이상하게 합격 소식을 들을 수 없었다.

심지어 이도 저도 아닌 어정쩡하게 뚱뚱한 몸으로는 다이어트 프로그램에 합격도 못 한다며 내 몸을 탓하기도 했다. 내 상황이 점점 지치고 지긋지긋했는데 휴학을 한다면 왠지 가능할 것 같았다.

세상에 어느 미친 사람이 다이어트 때문에 휴학을 결심할까 싶었지만 생각해보니 못할 것도 없었다. 살만 빼면 내 인생은 더욱 탄탄대로였다. 다이어트는 내가 평생 해야 할 숙제와도 같았는데 일정 기간 제대로 집중해서 끝내자는 결심이 섰다. 지난 시간 동안 해왔던 길고 긴 전쟁의 끝을 볼 때가 지금이라는 생각이 들었다. 이번에는 절대 포기하지 않고 식욕도 잘 참아서 다이어트에 성공하겠다 마음먹었다. 내 인생 마지막 다이어트가 될 것이라는 의지를 불태웠다.

벌써부터 머릿속에는 다이어트에 성공한 내 모습이 그려졌다. 멋진 몸매로 비키니를 입고 수영장을 거니는 모습. 상상 속에서는 그런 나를 보며 누군가는 사랑에 빠진 눈빛을 보내기도 하고, 누군가는 질투 어린 시선을 보내기도 했다(그 당시 나는 타인의 시선에 목말라 있었던 것 같다).

'나는 가슴도 크고 골반도 넓은 편이니까 살을 빼면 끝내주는 몸매가 될 거야. 그때는 미니스커트도 입고 노출이 심한 옷도 마음껏 입고 다녀야지. 이런 몸은 원래 꽁꽁 싸매는 것보다 좀 드러내고 보여줘도 돼. 시선을 좀 받으면 어때. 그게 무슨 성적 대상화야? 이성에게 섹시해 보이는 게 뭐가 어때서? 성적 어필이 된다는 건 좋은 거 아니야? 그냥 나 자신을 사랑하는 방법 중 하나인 거지!'

지금 생각하면 끔찍하게 부끄럽지만 그 당시에 나는 솔직히 이런 생각을 했다. 살이 쫙 빠진 모습으로 복학하면 어떻게 될지 상상했다. 예뻐져서 나타나면 '개강 여신'이라고 하던데 나

도 개강 여신이 되고 싶었다. 동기들이 깜짝 놀라서 쳐다보는 그 날이 기대되어 빨리 살을 빼고 싶었다.

결국 휴학계를 냈다. 그러나 차마 부모님께는 다이어트를 위해 휴학한다는 말을 할 수 없었다. 절대로. 우선 비교적 설득하기 어렵지 않은 엄마에게 먼저 넌지시 휴학에 대한 생각을 여쭈어봤다. “네가 필요하다면 휴학할 수 있지”라는 생각보다 긍정적인 반응. 곧바로 미끼를 던졌다. 사실 외국으로 교환학생을 가고 싶은데 토플 점수가 필요하다고 하더라. 근데 엄마 딸은 영어가 약하니까 공부도 하고, 교환학생 프로그램 준비도 하면서 한 학기 정도 휴학을 하고 싶다고.

순간 엄마의 얼굴에 고민이 스치는 게 보였지만 나는 재빨리 쐐기를 박았다. 엄마 딸은 할 수 있다고, 더 넓은 세계를 보고 싶다고, 더 많은 경험을 하고 싶다며 애원의 눈빛을 보냈다. 그러자 엄마는 바로 승낙해주셨다.

다만 문제는 아빠를 설득하는 것. 애초에 엄마와 이야기를 하니 아빠는 무슨 말을 해도 반대할 것이기 때문에 휴학계를 내버린 뒤 교환학생을 해보고 싶어서 그랬다며 뒤늦게 매를 맞는 방법으로 의견이 좁혀졌다.

그렇게 일을 저질러버렸다. 예상대로 사건의 전말을 알게 된 아빠는 노발대발하셨다. 어떻게 상의도 없이 이렇게 뒤통수를 치냐며 분노하셨다. 그 뒤로 6개월 동안 아빠와 냉전 상태가 지속되며 대화를 하지 못했다.

다이어트를 하겠다는 내 의지는 이 정도로 강력했다. 이 정도 의지라면 뭘 해도 꾸준히 밀고 나갈 수 있을 거라는 생각이 들었다. 가족도 공부도 거짓말도 여전히 내 안중에 없었다. 오직 내게는 다이어트 생각뿐이었다.

험난한 다이어트 독학의 길 (1)

세상은 넓고 다이어트 방법은 많다! 다이어트가 절박했던 20살쯤 나는 운동해서 살을 빼기 위해 동네 복싱장에 등록했다. 복싱 수업 첫날, 코치님은 내게 글러브를 주지 않았다. 대신 땡- 땡- 울리는 종소리에 맞춰 줄넘기와 맨몸 운동을 시켰는데 마치 전지훈련을 받는 기분이었다.

쉬지 않고 계속 큰 동작을 해야 했기에 수업이 끝날 때쯤 온몸이 땀으로 범벅되었고 다리가 후들거렸다. 기진맥진한 상태로 터덜터덜 집으로 가는 길에 꼭 지나쳐야 하는 큰 언덕과 마주쳤다. 매일 지나던 곳인데 그날따라 어찌나 거대해 보이던지. 나는 언덕을 죽을힘을 다해 기어서 올라갔다.

결국 울분이 폭발했다. 첫날부터 이렇게 고통스럽게 운동을 해야 하는지, 못 따라가는 내 체력이 문제인 건지, 그저 살을 빼고 싶을 뿐인데 뭐가 이렇게 힘든 건지… 내 처지가 슬퍼서 눈물이 났다. 그렇게 나는 남동생에게 복싱장 이용권을 양도하고 운동과 담을 쌓았다. 지옥 같은 경험 때문인지 그날 이후 가능한 운동을 하지 않고 살을 빼고 싶었다.

휴학을 한 뒤에도 내 관심사는 오로지 최대한 운동하지 않고 빠르게 살을 빼는 거였다. 다이어트 진로를 정하자 손가락이 바빠졌다. 가장 먼저 인터넷 검색창에 '2주 만에 5kg 빼는 방법' '한 달에 10kg 빼는 방법'을 검색했다.

'(내공 100) 급해요!! 곧 개강인데 2주 만에 5kg 빼는 방법 알려주세요.'

사람 사는 거 다 똑같고 사람 마음도 거기서 거기인 걸까? 내 마음을 복사(ctrl+c) 붙여넣기(ctrl+v) 한 것 같은 글이 쏟아졌다. 그중 가장 솔깃하고 믿음직해 보이는 글을 클릭했다.

'두유 다이어트 추천해요. 2주 동안 하루에 두유 3팩만 먹고 버티면 됩니다. 단기간에 효과 보기 좋아요.'

'디톡스 해보세요. 아래 번호로 연락주시면 딱 맞는 다이어트 디톡스 스무디 알려드릴게요.'

음식의 종류만 달라질 뿐 결국 먹는 양을 줄이라는 패턴은 같았다. 문득 중고등학생 때 막무가내로 굶는 다이어트만 했던 내가 떠올랐다. 그 당시 운동해서 살을 빼고 싶었지만 공부만

하기에도 시간이 부족했다. 운동이냐 공부냐를 두고 치열하게 고민하다가 공부를 선택한 탓에 굶는 것 말고는 다이어트할 방법이 없었다. 수험생 때는 스트레스를 폭식으로 푸는 습관이 생겼다. 대학교에 가면 살 빠지고 예뻐진다는 뻔한 거짓말을 믿을 수밖에 없었다.

어쨌든 나는 지금까지 먹는 양만 조절해서 다이어트에 성공한 적이 단 한 번도 없었다. 답답한 마음으로 웹페이지의 스크롤을 하염없이 내리던 중 누군가가 쓴 글에 시선이 멈췄다.

'정석으로 다이어트하세요. 굶거나 다이어트 약을 먹고 급하게 뺀 살은 결국 요요가 옵니다.'

그래, 휴학까지 하며 결심한 다이어트잖아. 이번만큼은 실패하지 않고 나와의 싸움에서 이기고 싶었다. 꾀부리지 말고 정석으로 건강하게 다이어트를 해야겠다는 생각이 들었다. 1년이라는 시간이 있으니 무엇인들 못 할까. 새로운 마음으로 다시 인터넷 검색창에 입력했다.

'정석 다이어트 방법'

꽤 다양한 방법이 웹페이지에 떴다. 그중 '여자도 근력 운동을 해야 하는 이유'라는 글을 클릭했다. 글의 요지는 이러했다. 여자가 근력 운동을 하면 보디빌더처럼 우락부락한 근육이 생길 거라고 오해하는데 여자는 근육이 쉽게 붙지 않으니 걱정하지 않아도 된다는 것. 운동에도 순서가 있으니 반드시 근력 운동을 포함해서 하라는 것.

이 글을 통해 정석 다이어트에 필요한 운동 순서를 익혔다. 준비 운동 20분, 근력 운동 1시간, 유산소 운동 1시간, 스트레칭 20분. 이제 막 정석 다이어트를 시작한 나에게 이러한 루틴은 솔직히 부담스러웠다. 그래서 나는 이 험난한 홈트레이닝에 날개를 달아줄 몇 분의 랜선 스승님을 모셨다.

하체 스트레칭의 전설로 불리는 갓하나(강하나) 선생님, 다이어트 비디오계의 대모인 이소라 선생님과 옥주현 선생님. 스승님 중에는 외국인도 있었다. 힙업 운동의 대가인 캐시 선생님, 국내에 '마일리 사일러스의 섹시 레그' 열풍을 몰고 온 레베카 루이즈 선생님까지. 나는 그렇게 홈트레이닝에 입문했다.

험난한 다이어트 독학의 길 (2)

"3초만 더 할게요. 숨을 내쉬세요. 후- 호흡이 중요합니다."

동영상에서 선생님들이 초를 셀 때면 시간이 세상에서 제일 느리게 흘렀다. 분명 3초만 더 하자고 했는데 선생님들은 서로 짜기라도 한 듯 이렇게 말했다.

"자, 열 세트 더 할게요."

이런! 동영상을 꺼버리고 싶었던 적이 한두 번이 아니다. 처음에는 모든 동작을 따라하는 게 정말 어려웠다. 나중에는 선생님들이 하는 타이밍에 맞춰 곧잘 자세를 취했지만 운동이 되는 느낌보다 동작을 빨리 따라하는데 급급해 정확한 자세를 취하지 못했다. 자세가 잡히지 않으니 근육에 자극이 가지 않는 것 같았다. 운동 효과도 미심쩍었다. 시간은 시간대로 투자하고 효과가 없다면 의미 없는 노력일 뿐이었다.

홈트레이닝을 한 지 2주 차에 접어든 어느 날, 나는 좀 더 제

대로 운동하는 방법이 없을까 고심에 빠져있었다. 그런 내 눈에 운명처럼 헬스장 아르바이트 공고가 보였다.

사실 정석 다이어트를 하겠다고 다짐하고 나서 개인 PT를 받고 싶었지만, 나는 공부를 하겠다고 부모님을 속이고 휴학한 양심 없는 대학생이었다. 부모님께 차마 헬스장에 다니고 싶다는 말을 할 수 없었다. 그렇다고 다이어트를 어영부영할 수도 없었기에 다른 방법이 필요했다. 그런 내게 헬스장 아르바이트는 최적의 일자리였다. 면접은 크게 어렵지 않았다. 면접에 합격한 뒤 나의 새로운 다이어트 라이프가 시작됐다.

헬스장에서 내 역할은 오픈 시간에 맞춰 문을 여는 일이었다. 헬스장은 새벽 6시쯤 문을 열었기에 나는 새벽 4시에 일어나 씻고 준비한 뒤 점심 도시락을 싸서 집을 나섰다. 태어나서 지금까지 이렇게 이른 새벽에 일어나 생활한 것은 처음이었다. 올빼미형 인간이라는 것도, 저혈압이라 아침에 일어나기 힘들다는 핑계도 모두 이겨내고 묵묵히 아르바이트를 했다. 그만큼 다이어트를 해야 한다는 의지가 강했다.

잠을 못 자서 피곤해도 좋았다. 트레이너 선생님들은 친절했고 아르바이트가 끝나면 헬스장에서 운동하는 혜택도 있었다. 어깨너머로 운동을 배울 수 있었고 원하면 트레이너 선생님께 약간의 조언도 얻을 수 있었다.

오후 3시에 아르바이트가 끝나면 나는 옷을 갈아입고 운동을 했다. 운동 기구가 낯설었지만 조금씩 도움을 받으며 사용법을 익혔다. 그러나 나는 아르바이트 첫날부터 깨달았다. 헬스장에서 운동하는 건 나와 맞지 않다는 것을.

실내는 갑갑했고 덤벨을 들고 같은 동작을 10회, 20회씩 몇 세트 반복하는 건 지루했다. 멋도 안 나고 따분하기만 한 근력 운동은 그야말로 고문이었다. 거울에 비친 내 모습이 안쓰러웠다. 근력 운동도 시험공부처럼 벼락치기가 가능하면 얼마나 좋을까!

그나마 유산소 운동은 할만 했다. 러닝머신에서 걸을 때만큼은 잡념이 사라졌다. 살 뺀 뒤 행복해질 내 모습을 상상하기도 했다. 상상 속에서 사람들은 나를 보고 놀랐다. 부러움과 애정이 넘치는 눈으로 나를 바라보며 찬사를 보냈다. 내가 짝사랑하던 사람도 나를 좋아하게 되고 예뻐진 나에게 많은 기회가 생겼다. 참 달콤한 상상이었다. 그래서 나는 절대 멈출 수 없었다. 행복해지고 싶었으니까.

운동을 시작하고 일주일 뒤 체중을 재보니 1kg이 빠졌다. 기대한 것보다 적게 빠졌지만 나쁘지 않은 수치였다. 이렇게 한 달을 지속하면 4kg이 빠지는 셈이니 정석대로 잘 해내고 있다는 생각이 들었다.

2주 차가 되고 다시 체중을 재보았다. 어랏?! 체중이 0.5kg 빠졌다. 지난주보다 더 열심히 운동한 것 같은데 왜 이것밖에 빠지지 않았을까 의구심이 들었다. 마음이 불안하고 조급해졌다. 벌써 정체기가 온 걸까? 인터넷 검색창에 이것저것 검색하며 불안한 마음을 달랬다.

3주 차 체중은 2주 차 체중과 별반 다르지 않았다. 고작 한 끼 식사를 하면 지난주 몸무게와 같아진다고 생각하니 슬슬 열이 받았다. 정체기가 확실하다는 생각에 아침 식단을 바나나 한 개로 줄이고 저녁 때도 조금 덜 먹었다. 지방을 태우는 본격적인 타이밍은 근력 운동을 한 뒤 유산소 운동을 할 때라는 말을 듣고 유산소 운동 시간을 더 늘렸다.

4주 차에는 암울함 그 자체였다. 생리 기간이 다가오니 음식 생각이 간절했다. 식욕을 참아야 하는데 한 달 동안 체중이 고작 2kg도 빠지지 않았다는 사실에 기가 막혔다. 한 달 내내 겨우 참은 치킨을 한 번이라도 먹으면 몸무게가 다시 원상 복귀되어버릴 것 같았다. 정말 열심히 했는데 보상받지 못했다는 생각에 눈물이 났다.

그냥 치킨을 먹을까? 먹고 다시 시작할까? 머릿속에는 온통 치킨 생각뿐이었다. 체중이 조금 빠지긴 했으니 오늘은 치킨을 먹고 다시 운동하면 된다며 나 자신을 다독였다.

그러나 막상 치킨을 먹고 나니 후회와 죄책감이 몰려왔다. 식욕 하나 참지 못해서 치킨에 영혼을 팔은 내가 너무 미웠다. 다음 달에는 이번 달에 빼지 못한 목표 체중을 반드시 빼야겠다는 생각만 들었다. 아무래도 식단을 좀 더 신경 써야겠다는 결론이 나왔다.

퍽퍽한 닭가슴살과 구역질나는 셰이크

엎친 데 덮친 격으로 위기가 찾아왔다. 오랜만에 친구들과 한강에 놀러 가기로 한 날이었다. 소풍 기분을 낼 겸 평소에 입던 헐렁한 옷 말고 원피스를 꺼내 입었는데 유독 허벅지 앞쪽이 툭 튀어나와 보였다. '오랜만에 입어서 그런가? 헬스까지 하는데 설마 살찐 건 아니겠지' 기분 탓이려니 생각했다. 그러나 친구들의 거침없는 말을 듣고 나는 정신이 번쩍 들었다.

"이슬아, 너 허벅지가 왜 이렇게 두꺼워졌어? 완전 근육질인데? 이런 다리에는 치마 안 어울려…"

한강의 산뜻한 바람은 더 이상 내게 기분 좋게 느껴지지 않았다. 바람에 원피스가 날릴 때마다 허벅지가 신경 쓰였고 가방으로 다리를 감추기 급급했다.

집에 도착하자마자 꽉 끼는 스키니 진을 입어봤다. 예전보다 허벅지 부분이 확실히 끼는 느낌이 들었다. 아니, 더 끼는 게 맞았다. 헬스를 그렇게 열심히 했는데 왜지! 머리가 아파오기 시작했다. 다음날 곧장 헬스장 트레이너 선생님께 물어봤다.

"근육이 잘 붙는 체질인 것 같네요. 우선 스피닝 그룹 클래스는 절대 듣지 말고 유산소도 사이클 같은 건 피하세요. 요가나 필라테스 쪽이 더 잘 맞을 것 같아요. 운동 뒤에 스트레칭 시간을 늘리고 폼롤러로 뭉친 근육을 풀어줘도 좋아요."

선생님은 조언을 아낌없이 해주셨다. 내가 근육이 잘 붙는 체질이구나. 청천벽력과도 같았다. 여자는 근육이 잘 안 붙는다며! 그래서 근력 운동도 빼 먹지 말고 꼭 해야 한다면서! 대체 알이 제대로 선 내 종아리는 무엇이며 허벅지 옆을 가로지르는 저 선은 무엇이란 말인가.

헬스하기 전에는 허벅지 살이 옆으로 퍼졌었는데 지금은 활 모양처럼 앞으로 둥글게 튀어나오기까지 했다. 물론 흐물흐물하던 살들이 탱탱해진 것까진 좋았다. 하지만 단단하게 올라붙은 다리는 내 눈에 건강해 보이지 않고 튼실해 보였다.

허벅지 사이가 붙지 않는 날씬한 다리를 가지고 싶었는데 몸무게는 별로 줄지도 않으면서 근육이 붙는 것이 싫었다. 운동을 열심히 한 결과가 튼실한 돼지라니. 내 상황은 그야말로 황당했다. 마음이 약해지자 다시 조급함이 몰려왔다. 이럴 땐 식이를 더 강하게 하면 된다던데. 그래서 조금 덜 건강한 방법일지라도 지금보다 먹는 양을 줄여보기로 했다.

과거처럼 무작정 굶거나 원푸드 다이어트를 하는 것보다 좀 더 체계적이고 효율적으로 식이요법을 해야겠다는 생각이 들었다. 그 당시 다이어터 사이에서 식이요법의 절대 원칙으로 여겨진 것이 있었으니, 바로 기초대사량보다 적게 먹는 것이었다.

온라인의 카더라 통신에 의하면 소녀시대도 하루에 1200칼로리로 식단을 제한하며 살을 뺐다고 했다. 심지어 텔레비전 방송에서는 1200칼로리보다 훨씬 더 적게 먹고 살을 뺐다는 스타들이 출연해 자신의 다이어트 비법을 소개했다. 그러니 1200칼로리로 제한하는 식이요법은 정석 다이어트의 범주 안에 포함되지 않을까라는 생각이 들었다.

한 인터넷 사이트에서 무료로 제공하는 기초대사량 계산기에 나이, 키, 몸무게를 입력하고 예상치를 계산했다. 나의 기초대사량은 1400칼로리 정도. 체계적인 다이어트를 위해 다시 계산기를 두드렸다.

계획은 이러했다. 하나, 하루 섭취량은 기초대사량보다 적은 1200칼로리로 제한해 200칼로리를 줄이고 둘, 매일 최소한의 운동으로 500칼로리를 소모한다. 이때 7일 기준으로 하루는 쉬고 6일만 운동할 계획. 셋, 체중 1kg이 빠지려면 8000칼로리 소모가 필요하다.

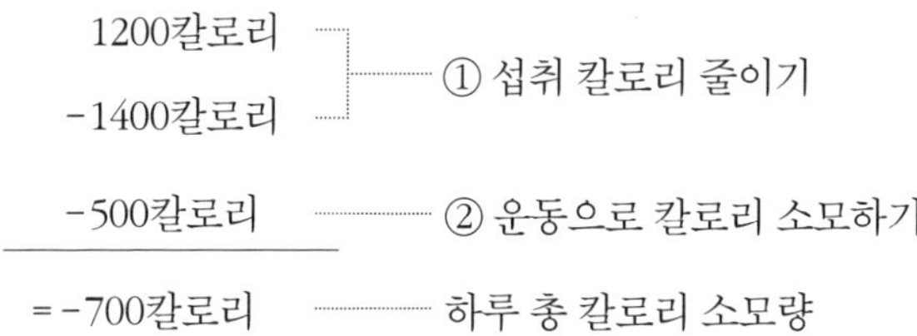

4주 동안 계획을 실행한다는 전제하에 계산하면 총 21,600칼로리(700칼로리×6일×4주)를 소모하게 된다. 몸무게로 계산하면 대략 2.7~3kg(21600÷8000) 감량하는 정도. 주먹구구식으로 계획을 잡았지만 내가 할 수 있는 방법이라곤 이 정도가 최선이었다.

그다음으로 식단을 계획했다. 다이어트 전문가 칼럼에서 공복 운동이 좋다고 했으니 아침은 굶거나 방울토마토 몇 개를 먹고 헬스장까지 뛰어갔다. 점심은 닭가슴살로 단백질이 충분한 그러나 절대 800칼로리가 넘지 않은 식단으로 구성했다. 끼니 사이에 배고픔을 최소화하기 위해 간식으로 주먹만큼 견과류를 먹었다. 저녁에는 닭가슴살(100g)과 셰이크를 먹었는데 이때 보충제, 바나나, 검은콩 등을 셰이크 재료로 사용했다. 제

일 최악은 두유 바나나 셰이크였다. 영양만 가득할 뿐 맛도 없고 포만감도 별로 없었지만 억지로 먹었다.

양파물이 지방분해에 탁월하다는 말을 듣고 양파껍질을 물에 끓여 양파물을 만들어 마셨다. 맛 자체가 굉장히 역하기로 소문이 자자한 음식이었다. 나 역시도 마실 때마다 구역질이 나서 혼났지만 코를 막고 눈을 질끈 감고 억지로 삼켰다.

닭가슴살이 퍽퍽해서 자꾸 목이 막혔다. 그러나 다이어트 중에 고기를 먹을 수 있다는 사실에 감사하라며 나를 채찍질했다. '맛있다' '몸에 좋다' '마실 때마다 1kg씩 살이 빠진다'고 최면을 걸며 먹은 음식이 참 많았다.

나에게 음식은 두 가지 부류로 나뉘었다. 다이어트 음식과 살찌는 음식. 다이어트 음식은 정말 맛 따위는 기대할 수 없었지만 최소한 먹는 데 죄책감이 들지 않아 좋았다. 그저 음식은 살기 위해 먹는 생존을 위한 것일 뿐이었다.

평소에 식단을 잘 지키다가도 불쑥불쑥 맛있는 음식의 유혹이 찾아와 힘들었지만 이 정도면 건강하게 정석대로 잘하고 있다 믿었다.

내일 덜 먹거나 굶으면 되니까

점점 운동하기가 싫어졌다. 하루에 몇 시간씩, 예전의 나라면 상상도 못 할 정도로 많은 시간과 노력을 쏟고 있는데 그만큼 삶의 질이 떨어지는 기분이었다. 어딘가에 억지로 얽매여있는 느낌. 헬스장 공기는 답답했고 러닝머신에서 걷는 동안 노래를 듣고 텔레비전 예능 프로그램을 봐도 이전만큼 신나지 않았다. 운동하기 싫은 날이 곧잘 찾아오곤 했는데 그럴 때마다 나를 몰아세우며 마음을 다잡았다.

'휴학까지 했는데 지금 교환학생이고 뭐고 공부도 손 놓고 다이어트에만 매달려있는데 실패하면 모두 끝인 거야. 운동이 시작하기 전에만 싫지 막상 하면 결국 하잖아. 귀찮아서 그런 거야 귀찮아서. 그냥 하자.'

그러던 어느 날, 스쿼트를 하려는데 속이 울렁거렸다. 구토감을 느꼈지만 몸이 걱정되기보다 운동을 해야 하는데 몸이 따라주지 않아서 짜증이 났다. 결국 운동을 하지 못한 불안감은 다음날에 부담으로 작용해 전날 못한 몫까지 배로 무리하게 됐다.

온종일 하는 일이라곤 아르바이트, 운동 그리고 먹는 행위뿐이었다. 마음만큼 결과는 따라오지 않아 신경이 점점 날카로워졌고 공부한다고 휴학한 딸이 집에서 운동하거나 엎어져 있으니 부모님의 잔소리도 심해졌다. 나의 원대한 큰 그림을 부모님께 차마 설명할 수 없기에 공부를 하지 않는 게으름에 대한 죗값을 그저 묵묵히 치러야 했다.

음식에 관해서도 예민해졌다. 가족들이 맛있는 음식을 먹을 때 나는 닭가슴살을 먹어야만 했다. 초반에는 참을만했는데 시간이 지날수록 예민해졌다. 갈수록 혼자 방에서 닭가슴살을 먹는 날이 늘었다. 엄마는 그런 딸이 걱정되어 "오늘 맛있는 메뉴를 저녁으로 만들었으니 식탁에서 같이 먹자"며 나를 달래었지만 엄마는 그저 내 계획을 방해하는 방해꾼이었다.

결국 엄마한테 "내 눈앞에 맛있는 음식이 안 보였으면 좋겠어요. 과자랑 아이스크림 같은 간식도 당분간 집에 없었으면 좋겠어요"라고 부탁했다. 혼자서는 도저히 식욕을 참을 수 없어서 도움을 요청한 거였다.

다행히 며칠 동안은 엄마가 딸을 도와주는 듯했다. 그러던 어느 날, 엄마가 오늘 저녁 메뉴는 삼겹살이라며 장을 봐오셨는데 장바구니 안에는 내가 좋아하는 천하장사 소시지와 과자가 들어있었다. 순간 나는 이성을 잃고 엄마에게 소리쳤다. 겨우 이거 하나 못 도와주냐고, 내가 살 못 빼서 인생 망하면 엄마가 책임질 거냐며 패악질을 부렸다.

결국 울면서 삼겹살과 천하장사 소시지를 먹었다. 엄마 때문이라고, 난 참으려고 했는데 엄마 때문에 이렇게 내가 돼지처럼 먹는다는 말로 엄마에게 상처를 줬다.

의지가 한 번 무너지니 그다음은 쉬웠다. 더 이상 정석 다이어트는 없었다. 나름 기준을 세워두었던 일상의 패턴이 무너지기 시작했다. 헬스장 아르바이트도 그만뒀다.

음식을 최대한 줄여 초절식을 했지만 다음날이면 어김없이 폭식을 했다. 치킨, 피자, 빵, 과자, 아이스크림, 삼각 김밥, 라면을 쉬지 않고 입안에 욱여넣었다. 분명 내 몸인데 내 마음대로 통제가 되지 않았다. 폭식한 뒤에는 후회만 남았다. 나에 대한 참을 수 없는 혐오감이 전신을 뒤덮었다. 줄자를 들고 거울 앞에서 사이즈를 쟀다. 허리, 엉덩이, 허벅지, 종아리 곳곳을 자세하게 쟀다. 조금 사이즈가 늘어나면 불안해서 미쳐버릴 것 같았다. 그래서 더더욱 다음날이면 초절식을 택했다.

그래, 이틀 먹을 양을 하루에 몰아 먹었다고 생각하면 될 것 같았다. 그럼 오늘 먹어도 괜찮으니까. 내일 덜 먹으면 되니까.

내일 아예 굶으면 되니까 그럼 오늘은 이것도 저것도 더 먹어볼까? 식욕을 통제하기 힘들었다. 폭식한 다음날 배고픔을 느끼며 전날의 선택을 한없이 후회했다. 그러면서도 끝까지 나는 아직 다이어트를 포기하지 않았고 오히려 잘하고 있다며 자신을 위로했다.

목표만 바라봤다. 나는 오로지 아름다운 몸 그거 하나만 가지면 됐다. 내가 가진 모든 시간과 노력을 다이어트에 던졌다. 내가 비정상인지 아닌지조차 구분할 수 없었다. '무조건 해낸다' 말고 내가 원하는 정답은 없었다.

야 박이슬, 너 맞아? 왜 이렇게 예뻐졌어!

알람이 울렸다. 돌고 돌아 결국 내 인생에도 따뜻한 봄이 찾아왔다. 침대에서 일어나 씻으려고 들어간 화장실. 거울을 보니 마른 내가 보였다. 선명한 쇄골과 가느다란 팔뚝이 나를 기쁘게 했다. 작아진 얼굴은 오늘따라 유난히 돋보였고, 더 이상 펑퍼짐하지 않은 엉덩이와 허벅지가 꿈만 같았다.

1년의 휴학을 끝내고 개강을 맞이해 오랜만에 학교 사람들을 만나는 날이었다. 더욱 깔끔하고 예쁘게 꾸민 모습으로 등교하고 싶었다. 살 빼면 입으려고 옷장에 넣어두었던 원피스를 꺼냈다. 입어도 품이 넉넉했다. 이날만을 위해 사뒀던 온갖 색조 화장품을 꺼내 유명한 뷰티 유튜버의 영상을 유심히 보며 얼굴에 덧발랐다. 도화살 메이크업이라나 뭐라나. 눈가를 붉게 하는 것이 포인트라는데 어쨌든 눈 주위가 붉어진 내 모습이 예뻐 보여서 몇 번씩 눈을 깜빡였다.

집을 나서기 전 학과 잠바를 꺼냈다. 플라워 패턴 원피스에 야구 잠바는 아이러니한 패션 조합이지만 오랫동안 묵혀온 나의 허영심을 풀어주기 위한 가장 중요한 단계였다. 뒷면에 적힌

HANYANG UNIV. 나는 예쁜데 공부도 꽤나 잘한다는 걸 세상에 알려야 했기 때문이다.

지하철을 타자마자 바로 주위를 살폈다. 예전에는 같은 칸에 탄 여자들 중 내가 뚱뚱한 편에 속했는데 이제는 제일 마른 몸을 가지고 있다는 사실이 뿌듯했다.

역에 도착하고 학교 정문으로 발길을 옮겼다. 오늘따라 유난히 강렬한 햇볕과 따뜻한 바람, 살랑이는 원피스 끝자락은 마치 내가 드라마 여자 주인공이 된 것처럼 느끼게 해주었다. 그렇게 사회과학대학 건물로 걸어가는데 뒤에서 누군가 어깨를 툭툭 쳤다.

"저기요, 제 스타일이어서요. 무슨 과예요? 혹시 번호 알려줄 수 있어요?"

세상에! 잘생긴 남학생이 많기로 소문난 신소재공학과의 학우가 얼굴을 붉히며 나를 붙잡았다. 당황해서 어쩔 줄 몰라 하다가 수줍게 번호를 건네곤 시선을 주고받았다. 하루의 시작이 좋다고 생각하며 강의실로 향했다. 동기들이 훈녀로 변신한 내 모습을 보고 어떤 반응을 보일지 기대하며 문을 열었고 역시나 바로 질문이 쏟아졌다.

“야 박이슬, 너 맞아? 왜 이렇게 예뻐졌어!”

“대체 살을 얼마나 뺀 거야? 너 대단하다!”

“살 빼니까 너 연예인 ○○ 닮았어!”

“휴학하고 무슨 일이 있었던 거야?”

“살 어떻게 뺐어? 나도 방법 좀 알려줘.”

다시 예전의 나로 돌아온 것 같았다. 겨우 내 삶이 정상적인 궤도로 돌아왔다는 느낌이 들었다. 올라가는 입꼬리를 진정시키고 모두의 질문에 하나씩 천천히 답했다. 겉으로는 차분하려 노력했지만 차마 두근거리는 마음을 진정시킬 수 없었다. 결국 해냈다. 꿈에 그리던 다이어트에 성공했다는 생각에 무언가가 벅차올랐다.

“이슬아! 그동안 잘 지냈어?”

그 순간 학과에서 제일 예쁘기로 소문난 동기가 들어왔다. 오랜만에 만나 반가운 마음도 잠시, 순간 뒤통수를 망치로 얻어맞은 듯 얼얼해졌다. 세상에는 사람도 많고 아름다운 사람은 더 많았다. 생각해보니 여기가 끝이 아니었다. 나는 더 예뻐지고 싶기에 그다음 목표를 빠르게 마음속으로 설계하기 시작했다.

'그러니까… 여기서 나는 뭘 더 해야 하지?'

그리고 꿈에서 깼다.

식사 시간은 살찌는 시간이었다

눈을 뜨자마자 거울 앞으로 달려가 내 모습을 확인했다. 말도 안 돼. 여전히 뚱뚱하고 못생긴 내가 초라하게 서있었다. 굶주린 배를 감싸 안고 억지로 잠을 청했던 몇 시간 전의 내가 떠올랐다. 그러자 먹고 싶었던 음식들이 머릿속을 점령하기 시작했다. 어지러워서 오늘이 몇 월 며칠인지조차 분간이 되지 않았다.

사실 지금 여기가 꿈속이고 방금 전 꿈속이 현실 아니었을까? 말도 안 되는 생각을 하며 현실도피하고 있을 때쯤 더 이상 배고픔을 참을 수 없을 지경에 이르렀고 나는 극심한 내적 갈등을 앓았다.

'며칠 굶은 것 같은데 뭐 좀 먹을까?'

'안 돼!'

'보상 데이라는 게 왜 있겠어. 열심히 했으니 치킨 한 마리는 괜찮지 않을까?'

'미쳤구나. 치킨이라니. 제정신이 아니야.'

'살 빼는 것도 다 잘 먹고 잘 살자고 하는 짓인데.'

'네 허벅지를 생각해. 너의 뱃살과 팔뚝을 생각하라고!'

'한 조각만 먹을까? 한 조각은 몇 칼로리 안 해. 먹고 줄넘기 좀 하면 괜찮아.'

'하긴 그렇지. 그러면 딱 한 조각만 먹을까?'

정신을 차려보니 나는 이미 치킨 한 마리를 뚝딱 해치우고 주전부리를 미친 듯이 입에 쑤셔 넣고 있었다. 입으로 음식을 가져가는 손이 통제가 되지 않았다. 조금씩 이성이 돌아오면서 지금 내가 무슨 짓을 저질렀는지, 과연 수습이 가능할 정도로 먹었는지 계산하기 시작했다.

갑자기 숨이 턱 막히고 눈물이 차올랐다. 분명 현실은 플라워 패턴 원피스를 입고 잘생긴 신소재공학과 훈남과 데이트를 해야만 하는데 왜 나는 지금 여기서 이러고 있는 거지? 계속 이러다간 결국 꿈과 멀어지지 않을까? 절대 그럴 수 없다. 어떻게 해서든 꿈과 가까워지게 해야 했다. 반드시. 순간 한 가지 생각이 머릿속을 스쳐 지나갔다.

'먹은 걸 다시 뱉어내면 되잖아.'

침착하게 화장실로 갔다. 치킨을 뱉어내려면 어떻게 해야 하지? 토는 어떻게 하는 거였더라? 손가락을 목 깊숙이 찔러 넣었다. 그러자 바로 몸이 반응했다. 목을 타고 올라오는 무언가에 거북함을 느끼면서도 안도감이 들었다. 미친 듯이 뛰던 심장이 한 번, 두 번 손가락을 찔러 넣을 때마다 천천히 가라앉았다. 이상할 만큼 그 상황이 겁나지도 두렵지도 않았다. 오히려 오늘은 살찔 일이 없다는 생각에 해방감을 느꼈다.

먹기 위해 토하던 날들

나는 이후 폭식과 구토를 반복했다. 식욕을 참는 것은 더 이상 내 통제 밖의 일이라는 생각이 들었고 먹은 만큼 다시 뱉어내면 그걸로 충분하다고 생각했다.

변기를 잡는 횟수가 늘어났고 점점 익숙해졌다. 목이 칼칼해서 아픈데 속은 시원했다. 이런 일상에 익숙해지는 것이 무서우면서도 괜찮게 느껴졌다. 만감이 교차했지만 이게 최선이었다. 나는 말로만 듣던 식이장애를 앓게 됐다.

한 달가량 먹고 토하기를 반복하니 조금씩 불안해지기 시작했다. '정신이 피폐해진다는 게 이런 걸까?' '내가 정상일까?'라는 의구심이 들었지만 나만 입 다물면 끝날 일이었다.

나는 부모님께 거짓말을 하고 휴학까지 했으면서 공부도 다이어트도 뭐 하나 제대로 한 게 없는 게으른 딸이었다. 식이장애를 부모님께 고백하고 병원에서 치료를 받는 건 죄송하고 면목이 없었다.

정상과 비정상, 그 경계에 선 내 눈앞에 마치 뿌연 안개가 가로막고 있는 듯했다. 이성적인 판단이 흐려진 상태였으나 무언가 잘못됐다는 건 알 수 있었다. 그럼에도 해결하려는 의지는 생기지 않았다. 그저 하던 걸 하면 살은 빠지니까.

머리카락이 빠지기 시작했다. 이미 생리는 멈춘 지 오래였다. 목과 턱이 서서히 부어올랐고 두통이 멎지 않았다. 내 몸이 하나둘씩 이상 신호를 보냈다.

여느 때처럼 화장실로 달려가 먹은 것을 게워내고 물을 내렸다. 몸에 힘이 없어 쓰러질 것만 같았다. 갑자기 이런 내 모습이 짐승과 다를 바 없다는 생각이 들었다. 눈을 뜨면 먹을 것부터 생각나고 배고픔이라는 원초적인 본능을 참는 것에 충실한 채 하루를 보냈다. 그럼에도 놀랍도록 넘쳐나는 잉여 에너지를 소비하기 위해 몸을 억지로 움직였다.

솔직히 눈을 뜨는 게 무서웠다. 억지로 식욕을 참고 운동하기가 미친 듯이 싫었다. 되돌아보니 온종일 내 생각을 지배하는 건 다이어트뿐이었고 내 하루의 기준도 다이어트였다.

예전에 꿈 많고 다채롭게 일상을 채우던 내 모습은 어디로 사라진 건지 궁금했다. 다이어트만 해도 초반에는 살을 빼기 위해 무엇을 할지 꼼꼼하게 적어두었는데 그마저도 기억이 흐릿해졌다. 나에게 아무런 의욕도 기력도 존재하지 않았다. 그저 위태로운 절벽 끝에 서있는 기분.

'왜 이렇게 되었지? 어디서부터 잘못된 걸까? 내가 할 수 있는 노력은 모두 했어. 예쁘고 날씬해지고 싶어서 모든 걸 걸었는데 내가 뭘 잘못했기에 지금 이런 일을 겪어야 하는 거야? 도대체 뭐 때문에 여기까지 오게 되었지?'

곰곰이 생각해봐도 다이어트 때문이었다.

'아니야. 절대 다이어트 때문이 아니야. 다이어트는 평생 해야 할 습관이야. 그냥 내가 잘못해서 내 의지가 이것밖에 안 돼서 실패한 거야.'

하지만 그렇게 생각하기에는 내가 너무 불쌍했다.

'그만해. 도대체 언제까지 자신을 괴롭혀야 만족하겠니? 지금 내 모습은 마치 절벽 끝에 위태롭게 서있는 것 같아. 하고 싶다면 계속 그렇게 눈 가리고 귀 막고 걸어가봐. 그럼 그 끝은 추락일 거야.'

추락하기 전에 되돌려야 함은 분명했다. 멈춰야 하는데 무엇을 멈춰야 하는지 외면하고 싶었다. 왜냐하면 살찌는 것이 세상에서 제일 무서웠으니까. 결정을 내려야 할 시간이 다가오고 있었다.

3. 다이어트를 그만두었다

나는 항상 미래만 생각했다.

예쁘고 날씬해져서 더 나은 삶을 누리는 내 모습만 상상했다.

이 모습으로 혹은 더 살찐 모습으로

살아가는 미래를 생각해본 적이 단 한 번도 없었다.

살찐 내 모습과 인생은 가짜라고 생각했다.

그러나 대단한 착각이었다.

나는 현실에 발을 딛고 진짜 내가 누구인지 들여다봐야 했다.

살 빼지 않고 살아갈 용기

하루는 너무 힘들어서 동네 교회에 갔다. 부모님과 친구들에게 말 못 할 비밀을 혼자 간직한 채 끙끙 앓는 것이 너무 힘들었다. 신앙심도 없고 교회를 다녔던 적이 언제였는지 기억나지 않았지만 눈에 보이지 않는 누군가에게라도 매달려 답답한 마음을 풀어내고 싶었다.

교회에는 사람이 없어 불이 꺼져있었지만 다행히 문은 열려 있었다. 대예배실에 들어서는 순간 깊고 웅장한 어둠이 나를 덮치는 것 같아 파르르 떨렸다. 그러나 내 마음이 더 캄캄했기에 용기 내어 어둠 속으로 향했다. 담담하게 강대상 앞으로 갔다. 그리고 털썩, 바닥에 주저앉아 넋두리하듯 마음속에 있는 모든 말을 쏟아냈다.

"사실 너무 힘들어요. 평범한 일상을 보낸 게 언제였는지 기억나지 않아요. 평범하게 먹고 자고 생활하는 걸 어떻게 하는 건지 모르겠어요. 그냥 눈을 뜨면 다이어트 생각뿐이에요. '오늘은 굶어야 하는 날이야' '운동가야 해. 하기 싫으면 더 열심히 하면 돼' '먹고 싶어. 아니 먹으면 안 돼' 이런 생각만 가득해요. 저는 예뻐져서 꿈도 이루고 더 잘 살고 싶어서 노력한 것뿐인데. 한 건 그게 다인데 남에게 피해도 안 주고 정말 열심히 했는데 제가 무슨 죄를 지어서 이런 비참한 일을 겪어야 하나요? 제 조급한 성격이 문제인가요? 이것밖에 안 되는 제 의지가 문제였을까요? 아니면 예뻐지고 싶다는 꿈조차 저에게는 사치인가요?"

한 번 터진 눈물은 그칠 줄 몰랐다.

"제 자신이 미워 죽겠어요. 11살 때 한약을 먹어버린 제가 밉고, 어차피 먹어도 똑같은 맛인데 차마 급식을 남기지 못하고 급식판 바닥까지 긁어서 먹던 고등학교 시절의 제가 미워요. 소중했던 첫 남자친구에게 건강한 사랑을 주지 못하고 떠나보낸 제가 밉고, 남들이 나를 어떻게 생각하는지 평가 하나에 일희일비하는 제가 밉고, 남들 다 성공하는 그깟 다이어트 하나 제대로 못 해서 이러고 있는 제 자신이 한심하고 혐오스러워요."

그렇게 마음속 응어리를 모두 털어놓았다. 그러자 어디선가 희미한 목소리가 내게 말을 거는 듯 들렸다.

'이슬아, 왜 너는 단 한 번도 자신을 사랑해주지 않았니?'

순간 내 머릿속과 마음속에 엉켜있던 모든 생각과 감정이 멈췄다. 당황스러웠다. 내가 자신을 사랑하지 못했다는 말을 인정할 수 없었다. 일단 내 눈에 부족하고 못나 보이니 나에게 예쁜 말을 해줄 수 없었던 거지만 나를 위해 다이어트도 열심히 하고 자기 관리를 했다. 이게 내 인생을 위해 노력하는 자기 사랑이 아니라면 무엇인가 싶었다.

'너는 너의 광대뼈가 너무 튀어나와 보인다고 했지. 어깨는 넓고 다리는 굵어 덩치가 커 보인다며 한숨을 쉬곤 했어. 그렇다면 네가 생각하는 예쁨, 완벽한 몸, 모두에게 칭송받는 아름다움은 대체 어떤 모습인데? 왜 정작 네 인생에서 네 기준은 없었니? 정말 네가 자신을 사랑했다고 말할 수 있어? 어떻게 자신에게 온갖 혐오감으로 욕을 하고 몰아붙이고 건강을 망칠 수 있어? 정말 너를 사랑하는 것 맞아?'

대답을 할 수 없었다. 머리 위에서 나를 내려다보는 십자가가 보였다. 모든 것은 조화로운 자연의 이치 속에 존재하는 법인데 무슨 자격으로 자신을 파괴하고 미워했는지 추궁하는 듯 느껴졌다. 교회를 나선 이후부터 정체 모를 꾸짖음과 위로가 머릿속을 윙윙 울려댔다.

'나는 지금도 충분해.
하고 싶은 일들은 지금 당장 하면 돼.
왜 그걸 몰라.'

지금 당장이라… 문득 몇 년 전에 봤던 영화 〈월터의 상상은 현실이 된다The Secret Life of Walter Mitty〉가 희미하게 떠올랐다. 라이프 잡지사에서 무기력하고 평범한 일상을 살아가던 주인공 월터. 늘 행동으로 옮기기보다 상상을 택하며 만족한다. 그러다 그는 잡지 폐간 전 마지막 호에 표지로 담을 사진을 분실하고, 그 사진을 찾기 위해 사진작가를 찾아 대단한 모험을 떠난다. 화산을 넘고 바다를 건너 히말라야에서 만난 사진작가는 월터를 반갑게 맞이하지만 왜 자신을 찾아왔는지 의문을 표한다. 월터는 마지막 사진을 찾기 위해 왔다고 말하지만 작가는 당황하며 그 사진은 진작 자신이 월터에게 선물해주었던 지갑 안에 있다고 대답한다.

영화에서 월터는 답을 찾기 위해 모험을 떠났다. 엄청난 시간을 들이고 먼 길을 돌아 사진작가를 찾아 나섰다. 하지만 허

무하게도 답은 자신에게 있었다. 바보 같은 월터 미티, 바보 같은 박이슬. 그랬다. 늘 답은 나에게 있었다. 나는 답을 알고 있었다. 내가 했던 모든 것들이 건강하지 않았음을. 정작 내 인생에서 나는 없었다.

나는 항상 미래만 생각했다. 아름다워져서 더 나은 삶을 누리는 내 모습만 상상했다. 이 모습 그대로 혹은 더 살찐 모습으로 살아가는 미래를 생각해본 적이 단 한 번도 없었다. 살찐 내 모습과 인생은 가짜라고 생각했다. 그러나 대단한 착각이었다. 나는 현실에 발을 딛고 진짜 내가 누구인지 들여다봐야 했다. 그래서 지금 당장 나를 마주보기로 했다. 용기를 내어 그동안 외면했던 나에게 말을 걸었다.

'미안해 이슬아. 그동안 제대로 돌봐주지 못해서 미안해. 허무하고 허망한 것을 좇게 해서 미안해. 먼 길을 돌아가게 해서 미안해. 삶을 부정하고 미워해서 미안해. 사랑해주지 못해서 미안해.'

마지막으로 인정할 수밖에 없었다. 나는 정상이 아니었다. 내가 했던 노력들은 건강하고 더 나은 삶을 누리기 위한 노력이 아니라 나 자신을 갉아먹는 자해였다. 지금 내가 가장 먼저 시급하게 해야 할 일은 다이어트를 그만두는 것이란 사실이 선명히 보였다. 즉 나는 지금 이 모습 그대로, 혹은 더 살찐 모습으로 앞으로 살아야 하는 거였다.

속이 쓰렸다. 정말 내가 살찐 모습으로 살아갈 수 있는지, 그런 자신을 받아들일 수 있는지 다시 한번 나에게 물었다. 답을 알 수 없었다. 그럼에도 어쩔 수 없었다. 이미 내 일상은 평범함과 멀어졌고 망가졌다. 월터를 움직이게 한 무엇처럼 나에게는 살을 빼지 않고도 살아갈 수 있는 용기가 필요했다.

그렇게 나는 다이어트를 그만두었다.

나는 무엇이 두려웠을까?

영국 드라마 〈마이 매드 팻 다이어리My Mad Fat Diary〉에는 뚱뚱한 외모로 자존감이 낮은 여주인공 레이첼이 등장한다. 레이첼에게는 외모 콤플렉스로 폭식과 자해를 반복했던 흑역사가 있다. 마치 과거의 나처럼. 과거의 아픔에서 완전히 벗어나지 못한 레이첼은 종종 정신과 상담을 받는다. 드라마에서 명장면을 하나 고르라면 단연 레이첼과 정신과 상담사의 대화 장면이다.

상담사: 눈을 감아봐. 네 자신이 왜 싫은지 말해보거라. 솔직하게.

레이첼: 난 뚱뚱해요. 못생겼고, 일을 망쳐버려요.

상담사: 그렇게 느끼게 된 시기가 언제인지 생각해봐라.

레이첼: 9살인가 10살 때부터?

상담사: 이번에는 10살이었던 네가 저 소파에 앉아있다고 생각해봐. 그리고 저 소녀한테 뚱뚱하다고 말해봐.

레이첼: 안 할 거에요.

상담사: 저 어린애한테 못생겼다고 한번 말해봐라.

레이첼: 그러기 싫어요.

상담사: 저 애한테 골칫거리라고, 무가치하고 쓸모없다고 말해보라고. 바로 네가 매일 네 자신에게 하는 소리였으니까.

레이첼: …

상담사: 그럼 저 소녀에게 무슨 말을 해주고 싶니?

레이첼: 좋아 보여요. 완벽한 것 같아요.

상담사: 그게 바로 네가 지금 네 자신에게 해줘야 할 말이란다.

나도 한때는 자신을 뚱뚱하다고 생각했다. 충분하지 않고 이 모습으로는 절대 행복할 수 없다고 믿었다. 의지박약에 다이어트 하나 제대로 못 하는 실패자라고 생각했다. 그러다 우연히 본 드라마 속 한 장면이 잊혀지지 않았다. 충격이 가시질 않았다. 드라마 내용은 의심할 여지없이 내 이야기였으며 레이첼의 마음은 내 마음과 같았다. 상담사가 레이첼에게 질문을 했던 것처럼 나도 나에게 질문을 시작했다.

'정말 다이어트를 그만두고 싶니?'

솔직히 모르겠어. 지금은 식이장애와 다이어트 강박으로 내 일상이 망가졌기 때문에 다이어트를 그만두어야겠다는 필요성을 느낀 것뿐이야. 하지만 난 여전히 예뻐지고 싶어.

'네가 생각하는 너의 모습은 어떤데?'

하체에 살이 많아. 다리가 마르지 않아서 보기 싫어. 어깨도 넓고 종아리도 굵고. 유난히 도드라진 광대뼈도 마음에 안 들어. 전부 안 예뻐.

'네가 생각하는 예쁨의 기준이 뭐야?'

TV에 나오는 연예인들의 모습. 모델들의 모습. 드라마와 영화 속 여자 주인공들의 모습. 가녀린 어깨에 쇄골 미인이고, 가슴은 크고 허리는 날씬하고 엉덩이는 업된 모습. 허벅지도 서로 붙어있으면 안 돼. 피부가 깨끗하고 얼굴은 작고 갸름해야 돼. 눈은 크고 코는 높고. 손가락도 얇고 길어야 하고. 주름, 여드름, 군살 없이 완벽한 모습.

'그럼 왜 예뻐지고 싶은 거야?'

외모가 받쳐줘야 남들에게 예쁨을 받잖아. 주목받고 인정도 훨씬 더 많이 받을 수 있고 인기도 많아지고. 내가 좋아하는 사람들이 나를 좋아해줄 확률이 높아져. 내면이 아름다워야 한다고 말하지만 사실 다들 겉모습을 중요하게 생각하잖아. 아름다움을 좇는 건 인간의 본능 같아.

'그럼 너도 누군가를 대할 때 외모로만 평가했어?'

그럴 때가 많았어. 근데 사실 어렸을 때는 안 그랬던 것 같아. 나도 모르게 사람들을 외모로 평가할 때가 있으니까 다른 사람들도 똑같이 나를 평가하지 않을까? 어쨌든 사람들에게 좋은 평가를 듣고 싶으니까.

'왜 너는 누군가에게 좋은 평가를 들어야 하고 예쁨을 받아야만 해?'

그게 내 행복과 이어지지 않을까? 사실 중학교 때 나한테 왜 이렇게 어깨가 넓냐고 놀렸던 애를 못 잊어. 여자인데 남자처럼 털이 많다고 놀린 애도, 종아리 굵다고 얼굴에 달이 떴다고 말한 애도 기억해. 선생님들은 학급 회장인 여자애가 예뻐서 그 애를 유독 좋아하셨어. 며느리 삼고 싶다고 왜 이렇게 예쁘냐고. 그 애는 회장이라 바쁠 테니 부회장인 내게 대신 하라고 일을 시키기도 하셨는데 때로는 그 일이 버거울 때가 많았어. 친구들과 선생님들의 예쁨을 받는 모습이 참 부럽더라. 행복해 보였어. 그 애에 비해 나는 초라해 보였거든.

'그럼 너는 네가 생각하는 뚱뚱한 모습으로 무언가를 성공하거나 성취한 적이 없어?'

있어. 고등학교 때는 전교 부회장도 했었고, 진짜 마음을 나누는 친구들도 생겼어. 대학교도 내가 진학하고 싶었던 곳에 합격하고 히말라야도 다녀왔어.

'그것들을 이룰 때 어떤 느낌이 들었어?'

나도 할 수 있구나. 마음이 설레는 일을 해야겠다는 생각.

'마지막으로 물어볼게. 너는 지금까지 행복했던 적이 없니?'

많았다. 너무 많아서 문제였다. 나는 진짜 행복한 사람이었다. 나만 그걸 모르고 있었다. 세상에 태어나 엄마 아빠를 만났고 따뜻한 집이 있었다. 건강하게 자라며 하고 싶은 공부도 열심히 배울 수 있었다. 꿈이 있었기 때문에 열정도 있었고, 그 열정이 때론 집착이 되기도 했지만 내가 앞으로 나아갈 수 있도록 이끌었다.

나는 누군가가 내뱉은 평가로 인해 무너질 사람이 아니었다. 가치 있는 소중한 사람이었다. 다른 사람의 인정과 예쁨에 집착하지 않아도 지금 이 모습 그대로 충분한 나였다.

나는 무엇이 그렇게 두려웠을까. 왜 사회가 정해놓은 아름다움의 기준에 나를 맞추려고 했을까. 무엇이 나를 아름다움에서 멀어지면 마치 죽을 것처럼 행동하게 만들었을까. 생각은 생각을 가져왔고 온갖 고민 끝에 나는 자신에게 한 가지 거짓말을 하기로 했다. 매일 거울을 보면서 나에게 거짓말을 건넸다.

'이슬아, 오늘 밥 맛있게 먹었니? 생각보다 많이 먹었다고? 괜찮아. 이럴 때도 있고 저럴 때도 있는 거지. 먹고 싶은 거 먹어. 그래도 나는 나를 사랑해. 허벅지가 마음에 안 든다고? 살

이 더 찐 것 같다고? 괜찮아. 그래도 나는 충분한 사람이야.'

처음으로 나에게 관대한 말을 했다. 거울을 보며 괜찮다고 말했지만 많이 먹어서 살쪄 보이는 내 모습을 볼 때마다 눈물이 났다. 다이어트를 그만둔 게 불안하고 끔찍했다. 그런 나를 받아들이는 것이 힘들었다. 하지만 괜찮다고 말했다. 울면서도 웃으면서 사랑한다고 말해주었다.

어렸을 적부터 안 좋은 생각이 들 때마다 써먹은 방법이 있다. 일명 나쁜 생각을 먹는 고래. 부정적인 생각이 들 때마다 나는 머릿속에 핑크색의 귀여운 고래를 떠올렸다. 그리고 부정적인 생각을 잠시 멈추고 고래가 나쁜 생각들을 먹어치우는 장면을 상상하곤 했다. 그래서 외모로 인해 괴로운 생각이 들 때면 생각을 멈추고 바로 고래를 찾았다. 고래가 부정적인 생각을 먹어치우는 동안 나는 거울 속 내 눈을 똑바로 바라보며 사랑한다고 말해주었다. 그럼 기분이 정말 괜찮아졌다.

느리지만 변화는 분명히 찾아왔다. 처음에는 나를 속이는 것 같았지만 점점 스스로가 그럴듯하게 느껴졌다. 똑 부러지는 내 성격이 좋았고 웃을 때 봉긋하게 솟아오르는 광대뼈가 귀엽게 느껴졌다. 허벅지도 튼튼하니까 내 몸을 더 잘 지탱해줄 거라 생각했다. 내가 끔찍하게 여겼던 부분들이 만족스럽게 다가

왔다. 참 신기했다.

나는 왜 식욕을 미워했을까?

'내가 숟가락을 내려놓다니!'

충격에 휩싸였다. 언제부터 이렇게 식욕이 줄어든 건지 당황스러웠다. 다이어트를 멈춘 이후로 나는 먹고 싶은 음식을 모조리 먹었다. 치킨이 먹고 싶으면 먹고 피자가 먹고 싶으면 먹었다.

'아, 또 살찔 텐데.'

머릿속에 생각이 스쳐 지나갔다. 그럴 때마다 핑크색 고래가 등장해 부정적인 생각을 먹어치워 버렸다.

'괜찮아. 나 다이어트 그만뒀어. 어떤 모습이든지 내가 나를 사랑해주면 돼.'

몇 개월이 지나니 놀랍게도 너무나 자연스럽게 식욕이 조절

되기 시작했다. 하루는 가족들과 치킨을 먹다가 그날 내게 일어난 기분 좋은 일을 설명하면서 닭다리를 뜯었다. 할 얘기가 너무 많아 세세하게 말하다 보니 어느덧 배부름이 느껴졌다.

나는 고작 닭다리 하나 먹었을 뿐이고 그 사이에 가족들이 모두 치킨을 먹어버렸음에도 아무런 미련이나 분노가 느껴지지 않았다. 과거의 나였다면 두말할 것도 없이 내가 제일 많이 먹고 싶어서 마치 브레이크가 고장 난 폭주 기관차처럼 음식을 흡입했을 텐데, 닭다리 하나 먹고 손을 거둔 나 자신이 낯설어서 깜짝 놀랐다. 기분 탓이려니 생각하며 넘겼다.

또 한번은 친구들과 뷔페에 간 날이었다. 학생에게 비싼 가격대의 음식점이었고 우리는 모두 비장하게 세 접시 이상은 털어보자며 의기투합한 채 돌격했다. 하지만 밀려오는 음식 공격으로 가장 먼저 나가떨어진 것은 다름 아닌 나였다.

과거에는 분명히 다섯 접시 이상 먹어도 끄덕하지 않았던 내 위장에 무슨 일이 생긴 게 틀림없었다. 친구들과 신나게 떠들면서 행복하게 먹다보니 디저트를 포함해서 두 접시만에 무너졌다. 처절한 패배였다.

그 후에도 음식 앞에서 내가 식욕을 절제하려 애쓰지 않아도 식욕은 알아서 무뎌졌다. 마치 다이어트 욕구가 사라진 것처럼 내 관심에서 멀어졌다.

복학해 도서관에서 과제를 하던 날에도 그랬다. 내가 좋아하는 주제로 발표를 준비했는데 이 과제만큼은 절대 누구에게도 1등 자리를 빼앗기지 않으리란 마음으로 불타올라 타이핑을 쳤다. 어느새 정신을 차려보니 시간이 훌쩍 지나있었다. '좀 출출하네, 뭐 좀 먹고 다시 해야겠다'고 생각하며 아무렇지 않게 짐을 정리하다 갑자기 뒤통수를 한 대 얻어맞은 느낌이 들었다.

'내가? 밥을? 박이슬이 끼니를 그냥 지나쳤다고?'

이게 무슨 말도 안 되는 일이 벌어진 거지? 내가 아는 나는 한 끼라도 거르면 신경이 예민해지는 사람이다. 아무리 삶이 고단해도 음식으로 스트레스를 푸는 성격이기에 끼니를 지나치는 일은 있을 수 없는 상황이라 생각했다.

나는 지금까지 배부르다며 숟가락을 내려놓고, 조금만 먹어도 배불러 하고, 끼니를 깜빡했다는 친구들을 볼 때마다 '에이 치킨을 앞에 두고 그런 일이 가능한가? 그냥 다이어트하려고 저렇게 말하는 거겠지'라며 의심했다. 엄청난 착각이고 편견이었다. 자연스럽게 조절되는 진짜 식욕은 내가 알던 것과 많이 달랐다. 기분 탓이 아니라 정말 내 식욕이 정상으로 돌아오고 있었다.

식욕이 조절되는 내 모습이 신기해서 나를 관찰하고 싶었다. 평소 가고 싶었던 맛집에 찾아가 내가 음식을 먹을 때 어떤 생각을 하는지 가만히 지켜보았다. 눈으로 한 번 내가 먹는 음식이 무엇인지 살펴보고, 향으로 한 번 음식의 따뜻한 온기를 맡았다. 그리고 젓가락을 들어 입속에 넣고 오물오물 씹으며 그 맛에 집중하려고 노력했다.

혀끝에 닿는 느낌, 입천장에 닿는 느낌, 목으로 넘어가는 느낌까지 한 번도 이렇게 내가 무엇을 먹는지 집중하며 먹어본 적이 없다는 걸 깨달았다. 너무 맛있었다. 내가 아는 맛이었음에도 새롭게 다가왔다. 풍미가 입안에 퍼지면서 나른하고 행복한 기분이 들었다.

'그러고 보니 온전히 음식 자체에 집중해서 행복하게 먹었던 적이 언제였지?'

기억나지 않았다. 나에게 식사 시간은 늘 살찌는 시간이었고 맛있는 음식은 긴장하며 먹어야 하는 스트레스의 대상이었다. 예전에는 아무리 마음껏 먹어도 늘 마음 한 켠에는 살찔까봐 두려워하는 마음과 칼로리를 계산하는 마음이 공존했다. 인간이 누릴 수 있는 이 멋진 감각을 두고 나는 얼마나 많은 시간을 허무하게 흘려보냈는지 허탈함이 느껴졌다.

'무엇을'보다 '어떻게' 먹을지에 대하여

우리는 흔히 '내 몸에 들어가는 음식이 곧 나를 구성한다' '건강해지려면 먹는 음식부터 바꿔야 한다'는 말을 듣는다. 틀린 말은 아니지만 실천하기 쉽지 않은 건 분명하다. 어떻게 하루아침에 양념치킨을 끊고, 맥주를 멀리하고, 찜닭을 보고도 고개를 돌릴 수 있을까? 평생 못 먹는다는 생각만 해도 아쉽고 배고파진다.

나뿐만 아니라 대부분의 사람들이 식습관을 바꾸려고 초반에는 독하게 마음먹어도 다람쥐 쳇바퀴 돌 듯 본래 식습관으로 돌아가곤 한다. 식습관을 바꾸는 건 보통 의지로는 쉽지 않은 일이다.

어떻게 해야 음식의 진정한 맛을 느끼며 더 잘 먹을 수 있을지 고민하던 나는 우연히 마인드풀이팅mindful eating에 입문하게 됐다. 일종의 '잘 먹는 방법'인데 흔히 말하는 것처럼 하루아침에 식습관을 바꾸는 것이 아니라 현재 내 식습관에서 약간의 변화를 주는 방법이다.

마인드풀이팅은 매우 간단하다. 내가 먹는 음식에 집중하는 것. 그게 전부다. 마이드풀이팅을 처음 시작하는 사람이 이해하기 쉽도록 먹는 행위의 순서대로 단계를 설명해볼까 한다.

1단계, 식탁 세팅하기.

코스요리처럼 식탁을 거창하고 화려하게 차려야 한다는 말이 절대 아니다. 밥은 밥그릇에, 국은 국그릇에, 숟가락과 젓가락 모두 똑바로 놓고 반찬도 먹을 만큼 덜어놓는다. 오로지 음식에 집중할 수 있도록 스마트폰이나 텔레비전도 꺼둔다. '나는 음식을 탐구하는 연구원이자 정복하는 탐험가다!'라는 마음으로 호기심을 갖고 식사 준비를 하는 단계다.

2단계, 재료가 식탁으로 오기까지 과정 생각하기.

음식을 오감으로 유심히 느끼는 단계다. 재료가 식탁 위에 놓이기까지 어떠한 과정을 거쳤는지 한번 생각해보자. '이 쌀은 이천에서 농부가 더운 여름에 땀을 흘리면서 정성과 노력을 쏟아 재배했을 거야. 벼가 잘 자라도록 거름과 햇빛, 물 같은 자연이 도와줬겠지. 농부가 수확한 벼가 가공과 유통 과정을 거쳐 마트에 진열되고 나는 그중 하나를 골라 장바구니에 넣었어. 밥솥으로 뜸을 들여 고슬고슬 지은 쌀밥이 바로 내 눈앞에 있지.' 이렇게 재료에서부터 음식이 되기까지의 과정을 하나하나 깊게 머릿속에 그리면 된다.

3단계, 오감으로 먹기.

즐겁게 음식을 먹는 단계다. 과거의 나는 음식을 먹을 때 '얼마만큼 먹어야 살이 안 찔까?' '이건 몇 칼로리일까?' '지금 과식했으니 저녁에 굶어야 할까?'라는 생각만 했다. 마인트풀이팅을 할 때는 다이어트, 살, 몸무게와 같은 단어에 신경 쓰기보다 음식을 오감으로 느끼는 행위에 집중해보자. '내 앞에 볶음밥이 있네? 당근이랑 달걀이 들어갔어. 당근 색깔이 참 예뻐. 냄새도 고소하다. 씹어보니 밥알 식감이 그대로 느껴져. 당근과 달걀이 어우러지면 이런 맛이 느껴지는구나!' 이런 식으로 음식의 맛뿐만 아니라 색깔을 보고 냄새도 맡아보고 입안에서 씹히는 소리도 들어보며 오감으로 음식을 느끼면 충분하다. 특히 한 손에 숟가락 다른 한 손에 젓가락을 들고 전투적으로 먹지 말고 입안에서 음식을 충분히 느끼는 동안에는 숟가락과 젓가락을 내려놓는다.

4단계, 음식에게 감사하기(영양분 제대로 흡수하기).

제대로 영양분을 섭취하는 단계다. 보통 우리는 음식을 먹으면서 내 기분을 채우기만 급급하다. 아마 음식에게 감사를 해본 사람은 거의 없을 것 같다. '기나긴 과정을 이겨내고 나에게 와줘서 고마워. 맛있게 잘 먹을게. 내가 움직이고 살아갈 수 있도록 에너지를 줘서 고마워'라고 음식에게 말을 건네보자. 음식

먹는 것을 살찌는 시간이라고 생각하지 말고 영양소를 채우는 시간이라고 생각하며 재료에게 감사하면 충분하다.

5단계, 매일 실천하겠다는 강박 버리기.

솔직히 나조차도 마인드풀이팅을 매일 실천하고 있지 않다. 바쁜 일로 끼니를 거르는 사람, 아이를 돌보느라 대충 식사하는 사람, 공부하느라 식사 시간이 아까운 사람 등 너무나 다양한 삶이 있다. 이들에게는 매일 마인드풀이팅을 실천하라는 말이 오히려 부담이다. 완벽하지 않아도 괜찮다. 앞서 말한 단계를 반드시 지키지 않아도 좋다. 1일에 한 끼라도, 3일에 하루라도, 일주일에 한 끼라도 '이렇게 먹어볼까?' 혹은 '내가 요리해서 먹어볼까?'라는 생각으로 시도해보는 것이 중요하다. 한 번의 시도로 변화는 시작된다. 자신의 라이프 스타일에 맞게 실천할 수 있는 만큼 해보는 것이 습관을 들이기에도 좋다.

6단계, 규칙적으로 식사하기.

마인드풀이팅을 매 끼니 실천하지 않아도 괜찮지만 식사는 규칙적으로 하기를 권한다. 내가 마인드풀이팅을 실천하며 느낀 점은 우리 몸은 굶었다가 음식을 먹으면 식욕 시스템에 오류가 난다는 것이다. 그래서 평소보다 많은 양을 먹게 되고 먹는 대로 몸에 축적된다. 우리 몸은 똑똑한 시스템을 갖추고 있다는 생각이 들었다. 규칙적인 식사는 식욕 시스템에 오류가 나지 않도록 해주는 최소한의 약속인 셈이다.

만약 내가 초등학생 때 한약을 안 먹었다면 살이 찌지 않았을 수도 있다. 편식만 안 했어도 한약을 안 먹었을 것이다. 할머니의 사랑과 관심으로 한약을 먹었지만 그럼에도 고칠 수 없었던 것이 바로 편식이었다.

나는 달고 짜고 자극적인 음식 중 못 먹는 것이 없었지만 이러한 음식에 입맛이 길들여져 정작 건강한 음식은 거의 안 먹었다. 그런 내게 마인드풀이팅은 음식에 대한 고정관념을 바꿔줬다. 음식 본연의 맛에 집중해서 먹다보니 자연스레 배부름을 알게 되었다.

마인드풀이팅에 집중하던 중 문득 맛없고 밍밍하다 생각했던 채소에 관심이 갔다. 채소에서는 어떠한 신선함이 느껴질까? 호기심으로 채식에 입문했다.

나는 아직도 곤드레밥을 처음 먹었을 때의 감동을 잊지 못한다. 부드럽고 촉촉하고 구수한 그 맛! 곤드레밥을 모른채 살아온 세월이 굉장히 억울했다. 한번은 양파에 빠져 달걀과 간장소스로 규동 비슷하게 만들어 일주일 내내 질리도록 먹었다. 그렇다고 양을 적게 먹은 것도 아니다. 달고 짠 자극적인 인스턴트 음식과 배달음식을 아예 끊은 것도 아니다. 정말 먹고 싶은 걸 행복하게 충분히 먹었다.

채소의 다채로운 맛에 눈을 뜨게 되니 채식 베이킹에도 흥미가 생겼다. 내가 좋아하는 채소로 건강한 빵을 만들어 먹을 수 있다는 점이 좋았다. 통밀의 퍽퍽한 식감에 빠져 한동안 통밀빵을 만들었고, 바나나로 달콤 향긋한 팬케이크를, 오트밀과 프로틴으로 고소한 핫케이크를 구웠다. 전자레인지로 간단하게 고구마 빵을 만들어 냉동실에 넣어뒀고 치아시드의 식감이 좋아 여름 내내 블루베리 셰이크에 넣어 먹었다.

마인드풀이팅을 실천한 뒤 식욕을 바라보는 나의 관점이 180도 바뀌었다. 이전에는 살 빼는 데 방해가 되는 배고픔이 미웠다. 자꾸만 먹고 싶어지는 내 마음을 혐오했다. 그러나 이제는 배고픔과 식욕이 나를 위해 존재한다는 걸 안다. 기초대사량보다 적게 먹으려고 노력했기에 내 몸은 그러면 몸 상한다고, 적어도 이 정도는 먹어야 몸이 제 기능을 할 수 있다고 식욕으로 나에게 신호를 보낸 거였다.

불규칙적으로 폭식과 절식을 반복했기에 몸은 음식이 들어오면 일단 저장을 해놓은 느낌이 들었다. 나에게 무슨 일이 벌어질지 모르니까 비상사태에서 살아남을 수 있도록 몸이 생존 방법을 찾는 거였다. 더 이상 식욕이 밉지 않았다. 오히려 고마웠다. 식욕 덕분에 나는 미각의 기쁨에 눈을 뜨고 내 몸과 진솔하게 대화할 수 있으며 건강하게 살 수 있었다.

지금까지 나의 모든 신경과 관심이 식욕에만 쏠려있던 탓인지 식욕을 포용하자 나의 욕구들이 새로운 목표를 향하기 시작했다.

나는 어떤 사람이 되고 싶은 걸까?

운동은 다이어트와 마찬가지로 나에게 평행선과도 같았다. 닿고 싶어 노력해도 닿을 수 없는 무언가였다. 그래서 다이어트를 완전히 그만둔 뒤 나는 운동도 그만두었다.

물론 처음에는 살이 쪘다. 하지만 스쿼트 하나만 해도 헛구역질이 나니 운동에 대한 집착과 강박을 내려놓는 것이 우선이었다. 억눌렀던 운동에 대한 미움을 먼저 풀어내야 했다. 숨쉬기만이 내가 몇 개월 동안 했던 운동의 전부였다.

막다른 골목에 갇혔다고 생각할 때 새로운 길이 열리는 걸 보면 삶은 참 아이러니하다. 운동하려 애쓰지 않다보니 몸이 찌뿌둥하고 답답했다. 무엇보다 다이어트를 그만두고 살이 쪄버렸기 때문에 '그럼 이젠 이 모습으로 무엇을 해야 하나' 싶은 생존형 고민을 자연스레 하게 되었다. 운동은 여전히 하고 싶지 않았지만 일단 걸으며 생각을 정리할 시간이 필요했다. 나는 가수 체리필터의 노래 〈Happy days〉를 참 많이 곱씹으며 걸었다.

찬란하게 빛나던 내 모습은
어디로 날아갔을까 어느 별로
작은 일에도 날 설레게 했던
내 안의 그 무언가는 어느 별에 묻혔나

거칠 것이 없었던 내 모습은
어디로 사라졌을까 어느 틈에
작은 일에도 늘 행복했었던
예전 그대로의 모습 찾고 싶어

내가 졸업한 초등학교 운동장은 밤에도 개방해서 찾는 사람들이 많았다. 나도 그 속에 스며들어 함께 걸었다. 운동장에서 노래를 흥얼거리며 걸으니 지금까지 나를 얽매었던 고민들이 작고 하찮게 느껴졌다.

'분명 하고 싶었던 일이 많았는데 어쩌다 다이어트라는 늪에 빠져 이런 고통을 겪었을까? 비록 48kg라는 몸무게를 얻지 못했지만 그래도 지금 이만하길 다행이다.'

시끄러웠던 머릿속이 언제 그랬냐는 듯 깨끗해졌다. 더 이상 다이어트에 집착하는 것도 싫고 또다시 아름다움을 위해 나를 절벽으로 몰고 싶지 않았다. 지금 이 순간 얼굴에 달라붙는 차가운 바람이 반가웠고 귀에 들리는 멜로디가 마음을 설레게 했다. 모든 것이 완벽했다.

나는 종종 그날의 잔잔함이 그리워질 때마다 운동장에 나가 걸었다. 운동을 한다는 느낌은 없었다. 그저 이유 없이 걷는 행동이 좋았다. 그러던 어느 날, 여느 때처럼 노래 리듬에 맞춰 걷고 뛰다가 문득 과거에 나의 미숙했던 히말라야 도전기가 떠올랐다.

어쩌다 히말라야 트레킹

대학교 2학년 여름방학 때 네팔 히말라야로 트레킹을 갔다. '태어나서 히말라야 한번쯤은 가봐야지'라는 말도 안 되는 허세와 허영으로 버킷리스트에 적었던 꿈인데 사실 언젠가는 할 수 있지 않을까 막연하게 생각만 하고 있었다.

계기는 단순했다. 20살에 연애에 올인하느라 정말 아무것도 이룬 것이 없었기 때문에 21살에는 그 몫까지 합쳐 무언가 거대한 목표를 이뤄야겠다는 부담감이 있었다. 그래서 버킷리스트 중 남들이 봤을 때 가장 위대해 보이는 목표가 뭐가 있을까 고심하다가 히말라야 트레킹을 골랐다.

생각보다 버킷리스트를 일찍 이룰 수 있는 기회가 찾아왔다. 그 당시 나에게 롤모델이자 멘토가 있었는데 그분은 공정여행을 기획하는 사회적 기업을 운영하셨다. 그분의 일을 돕던 중 내가 우연히 히말라야 트레킹을 하고 싶다는 말을 꺼내자 "지니(내 영어 이름이다), 마침 나도 새로운 트레킹 코스를 뚫으러 네팔에 가는데 같이 갈래?"라고 제안해주셨고 나는 그 자리에서 바로 합류했다. 날짜는 여름방학. 최고의 여름을 보내고 오리라 마음먹었다.

산을 탄다는 것에 대해 부담은 없었다. 포터porter(히말라야에서 베이스캠프까지 원정대의 짐을 운반하는 사람)가 짐을 들어줄 거고 트레킹인데 힘들어봤자 얼마나 힘들겠나. 어릴 때 올랐던 관악산보다 덜 힘들 거라는 생각으로 비행기 티켓을 끊었다. 오히려 트레킹을 하는 일주일 동안 운동이 될 거니 살이 많이 빠지겠다 싶었다. 흔치 않은 기회인 만큼 트레킹을 하는 동안 평소보다 덜 먹어야겠다는 결심도 했다(그러나 히말라야를 절대 만만하게 생각하지 말았어야 했다…).

내가 합류한 팀이 오를 코스는 네팔 북중부의 안나푸르나히말에 있는 '마차푸차레' 산을 중심으로 도는 일주일 트레킹 코스였다. 전날 포카라 인근 시장에서 마련한 항아리 바지를 입고, 아직 내 발에 길들여지지 않은 새 등산화를 신고, 피부가 타면 안 되니까 팔 토시까지 야무지게 한 채 트레킹에 나섰다.

트레킹은 그야말로 지옥이었다. 하필 일 년 중 가장 더운 몬순 기간과 겹친 탓에 히말라야에는 산거머리가 우글우글했다. 나뭇잎 한 장에 열 마리 정도가 붙어있던 것 같다. 산거머리는 나도 모르는 사이에 팔 토시 안으로 들어오고 꽉 동여맨 등산화 속 양말 사이에 들어오고, 모자 안으로 들어와 피를 빨았다.

내가 산거머리를 발견할 때마다 소리를 빽- 지르면 가이드

인 마헤스가 달려와서 산거머리를 떼주었다. 그러나 산거머리보다 더 큰 고통이 있었으니 바로 오르막길이었다.

오르막길을 오르는 건 굉장히 끔찍했다. 오르고 올라도 끝이 안 보여서 기가 팍 죽었다. 분명히 내 가방에는 물통 하나 들어 있는데 쌀가마를 짊어진 것처럼 무거웠고 마헤스가 가방을 대신 들어줘도 온몸이 천근만근이었다. 게다가 비까지 내리고 우산은 없고 우비는 소용없고. 온몸이 비에 다 젖으니 나중에는 산거머리가 대수롭지 않게 느껴졌다. 피 빨다가 알아서 나가겠지 뭐.

트레킹 코스는 잘 알려져있지 않은 곳이라 숙소가 마땅치 않았다. 전기가 안 들어오는 건 물론이고 천장이 없어서 별과 달을 이불 삼아야 하는 정도. 푹신푹신한 잠자리는 사치고 나무 판자를 덧댄 딱딱한 침대만이 나를 기다리고 있었다. 화장실은 기대조차 하지 않았다.

트레킹은 입맛이 뚝 떨어질 정도로 힘들었다. 아침을 안 먹고 잠을 더 자는 날에는 하루 세 끼를 부실하게 먹을 수밖에 없었는데, 그러면 온종일 힘이 없어서 일정을 소화하기 더욱 버거웠다. 일행들은 잘만 걷는데 나이가 가장 어린 나는 매번 뒤처져 캠프지에 꼴찌로 도착했다. 3일 차에는 결국 눈물이 터졌다. 엄마가 보고 싶었다. 등산에 대한 트라우마도 생겼다. 호흡이

가빠오고 오르막길만 보이면 한숨부터 나왔다.

모두 포기해버리고 싶었는데 하필이면 정상에 오르는 날이 내 생일이었다. 최악의 생일을 보내고 싶지 않아서 울면서 발을 내디뎠다. 그리고 마침내 도착한 정상. 4000m 정도 되는 높이에서 바람을 맞으며 나는 결심했다. '내가 다시 산을 타면 인간이 아니다!' (그날 마헤스가 화덕으로 구운 생일 케이크를 선물해주며 이제 내리막길이니 조금만 힘내자고 격려해주었다).

망각. 신이 인간에게 주신 가장 큰 축복이라고 했던가. 인간은 망각의 동물이었다. 다이어트를 그만두고 걷기와 뛰기에 취미를 붙이니 이상하게 다시 산이 생각났다. 비 맞고 울면서 산을 탄 후 캠프에 도착해 따뜻한 차이티 한 잔을 마셨던 그 순간이 눈에 아른거렸다.

결정적으로 복학하고 학교에 가니 다시 등산에 도전할 수 있는 오지탐사대 대외활동 포스터가 게시판에 떡하니 붙어 'Break Yourself(한계를 뛰어넘어라)'라는 문구로 나를 유혹했다. 히말라야가 다시 나에게 손짓하는 것 같았다. 그렇게 나는 다시 히말라야에 도전했다.

운동 따위는 평생 안 한다고 단언했는데

결과부터 말하면 히말라야 두 번째 도전은 깔끔하게 실패했다. 오지탐사대 모집에서 서류심사는 붙었지만 3박 4일 동안 진행된 아웃도어 테스트에서 백 명 정도 되는 참가자 중 유일하게 나만 중도에 포기했다. 동네 운동장을 걷고 뛰었으니 체력이 좋아졌을 거라 생각한 건 오만한 착각이었다. 10kg 가까이 되는 가방을 메고 계속 산을 타는데 하늘이 노랗다는 말이 이런 건가 싶었다.

오지탐사대에 불합격하고 나니 오기가 생겼다. 산에 대한 트라우마를 고치고 싶다는 생각이 들었다. 그 뒤로 몇 개월 동안 천천히 내 페이스대로 쉬운 산부터 올라가기 시작했다. 처음에는 힘들어서 바로 내 앞에 있는 오르막만 보였다. '언제 도착하지? 얼마나 더 가야 하지?'라는 생각에 휩싸였다.

하지만 점점 익숙해지니 발아래만 보던 내가 자연을 둘러보기 시작했다. 나뭇잎에 바람이 스치는 소리가 상쾌했고 향기도 좋았다. 무엇보다 지구력과 인내심이 강해졌다. 한 걸음만 더 가자, 힘들어도 한 걸음만 더 가자며 나를 북돋웠고 결국 정상에 도착했다.

정상에 서면 온 세상이 다 보였다. 산 아래서는 볼 수 없는 것들이 전부 보였다. 내 방식대로 산을 타다보니 일 년이 지났고 나는 다시 오지탐사대에 도전했다.

정신을 차려보니 나는 K2(인도 북부 카라코람산맥에 있는 세계에서 두 번째로 높은 봉우리) 베이스캠프로 향하는 원정대원이 되어있었다. 동네 초등학교 운동장을 걷던 내가 어느새 파키스탄의 검은 자갈, 카라코람산맥을 걷고 있었다.

산을 높이 올라갈수록 주변에 아무것도 보이지 않았다. 고요와 적막이라는 단어를 태어나서 처음으로 이해할 수 있었다. 그저 내가 들을 수 있는 소리는 내 발걸음 소리와 쿵쿵 뛰는 심장 소리뿐이었다. 한 발자국 내디딜 때마다 볼을 간지럽히는 바람만이 내가 살아있음을 깨닫게 해줬다.

빙하로 뒤덮인 거대한 산군이 앞과 뒤를 가로막은 채 고요히 서있었고, 입을 쩍 벌린 크레바스들이 곳곳에서 누군가 지나가기만을 기다리고 있었다. 무섭다는 느낌은 없었다. 거대한 자연 앞에 나는 잠시 스쳐 지나가는 한낱 작은 존재였다.

'세상에 나 혼자만 남는 기분이 이런 걸까?'

마음이 잠잠해졌다. 빌딩으로 뒤덮인 도시 풍경은 어느새 머릿속에서 흐릿해졌고 수많은 밤을 지새우며 발을 동동거리게 했던 고민은 더 이상 나에게 고민거리가 아니었다. 대자연 앞에서는 내가 중요하다고 생각했던 것들이 아무런 의미가 없었다. 정말이지 쓸모없고 소용 없었다. 오로지 생존을 위해 그날 정해진 길을 무조건 걸어야 하고 음식은 보이는 족족 먹어서 에너지를 충분히 비축해둬야 했다.

팀에서 제일 체력이 안 좋았던 나는 항상 맨 마지막으로 캠프지에 도착했다. 이전과 다른 혹독함에 눈물이 나고 포기하고 싶은 마음이 불쑥 튀어나오기도 했다.

하루는 바로 눈앞에서 빙하를 마주했다. 가만히 다가가 손으로 만져봤다. 평생 볼 일이 있을까 싶었던 존재를 만나니 '내가 이걸 보려고 여기까지 고생하며 왔구나' 감격스러웠다.

K2를 눈앞에서 마주하던 날. 이전과는 다른 의미로 눈물이 차올랐다. 기분이 참 이상했다. 2년 전만 해도 다이어트 강박에 사로잡혀 미칠 것 같았는데, 운동 따위는 평생 할 일이 없을 거라 단언했는데 나는 빙하 위에 서있었다. 더 이상 운동은 나에게 단순히 살을 빼기 위한 행동이 아니었다. 하나의 행복한 몸짓이었다.

2017년 24살의 여름. K2에서 나는 내가 앞으로 진짜 걷고 싶은 길이 무엇인지 고민했다. 과거에 나는 워너비이고 싶었다. 모두에게 사랑받는 아름다운 존재이길 원했다. 날씬하고 마른 몸으로 행복한 삶을 살고 싶었다. 근데 아름다움을 향한 길은 내 길이 아니라는 걸 깨달았다. 그보다 더 대단하고 큰 꿈들을 이루며 살고 싶어졌다. 누군가를 부러워하는 길 말고 온전한 내 길을 걷고 싶었다. 살 뺀 뒤 하려고 미뤄뒀던 일들을 그냥 지금 이 모습으로 도전하고 이루고 싶었다.

꿈속에서 그렸던 모습이 아니어도 내 인생은 행복할 수 있을 거라는 확신이 들었다. 산을 타던 것처럼 힘들어도 묵묵히 오르다보면 결국 정상에 도착해 있을 테니까.

예쁨의 길. 나에게는 오로지 그 길밖에 없었다. 간절함으로 길을 달리던 나의 발걸음은 어느새 강박과 집착으로 녹아 끈적하게 눌어붙었다. 그제야 길을 멈췄고 주변을 돌아보게 됐다. 고개를 돌리니 내 앞에 놓인 다른 길이 보였다.

나만의 길은 누군가가 정해놓은 일직선의 도로가 아니다. 때로는 샛길로 새기도 하고 때로는 뒤로 돌아가 다른 길을 선택할 수 있는 길이다. 인생에 길이 하나뿐이라고 믿고 걷는 사람과 다른 길이 있다는 걸 알고 걷는 사람은 다를 수밖에 없다.

지금 이 순간에도 '예뻐지는 것이 곧 내 인생의 구원'이라고 생각하며 일직선의 길을 걷고 있는 사람들이 있을 것이다. 나도 그 길을 걸어봤기 때문에 지금의 내가 존재한다고 생각한다. 그래서 '지금 잘못 가고 있으니 다른 길을 선택하세요'라고 말하고 싶지 않다. 단지 지금 가는 길이 문득 버겁고 숨차고 힘들게 느껴질 때 잠시 멈춰 섰으면 좋겠다. 숨도 고르고 바람도 느끼고 고개를 들어 하늘도 한번 보고. 그러는 동안 아름다움을 위한 길 끝에 무엇이 있을지, 진짜 나만의 길을 완성하고 있는 것이 맞는지 한 번쯤 생각해보길 바란다.

너같이 마른 애가 다이어트를 한다고?

다이어트 강박과 식이장애가 더 이상 콤플렉스가 아니길 바랐다. 나에게 그만 상처 주고 그만 상처 받고 싶었다. 그래서 나는 부모님께 내 이야기를 솔직하게 털어놓기로 했다.

"엄마 아빠가 워낙 나에게 관심이 많으니까, 아끼니까 내 외모에 대해 솔직하게 말씀하셨던 거라고 생각해요. 하지만 엄마 아빠가 내 외모를 평가했던 말들이 자꾸만 생각났어요. 그 말들로 나는 스스로 충분하지 않다고 느꼈고 다이어트 강박까지 겪었어요. 더 이상 우리 모두 외모 지적을 그만했으면 하는데, 어떻게 생각하세요?"

아빠는 머쓱해하셨고 엄마는 마음 아파하셨다. 애정에서 시작된 작은 말과 행동이 딸에게 큰 상처를 주었다는 생각에 미안해하시는 것 같았다. 하지만 나도 이해한다. 나도 누군가를 외모로만 평가하고 지적했으니까. 서로를 이해하지 못한 채 긴 시간을 보내야 했지만 한 번의 진솔한 대화로 이어지지 않을 것만 같았던 마음이 맞닿았다. 친구들에게도 말했다.

"얘들아, 나 사실 다이어트 강박이 있었고 그것 때문에 식이장애를 겪었어. 살찌는 것이 무서워서 먹은 걸 그대로 토해내기도 했어. 너무 힘들었는데 너희에게 털어놓을 수 있어서 다행인 것 같아."

내 이야기를 걱정스러운 얼굴로 들어주는 친구들. 나는 덤덤하게 말했지만 사실 친구들이 이상하게 생각할까봐 많이 긴장했었다. 내 이야기가 끝날 무렵 친구들에게서 생각지도 못한 말을 듣게 됐다.

"사실은 나도 다이어트 강박을 겪고 있어."

충격이었다. 다이어트를 하고 있는 사람은 많을 거라 생각했지만 강박증과 식이장애까지 겪고 있는 사람이 내 주변에 많을 줄은 몰랐다. 모두들 숨기고 있을 뿐이지 수면 아래 감춰진 빙하는 아주 거대했다.

친구들은 나처럼 생리불순을 겪었던 건 물론이고 맛있는 음식을 먹은 후에 화장실에서 변기를 붙잡고 토한 경험이 있었다.

심지어 식욕억제제를 먹고 부작용을 겪으면서도 살찌는 것이 두려워 약에 의존하는 친구도 있고, 1kg이라도 살이 찌면 대인기피증에 걸린 것처럼 집 밖에 나가지 않았다는 친구도 있었다.

어릴 때부터 예쁘고 인기도 많아서 '쟤는 일상이 재밌을 거야'라고 지레짐작한 친구의 삶도 다르지 않았다. 마르든 뚱뚱하든 몸매와 상관없이 다양한 친구들이 모두 비슷한 강박과 식이장애를 겪고 있었다.

살찔 것을 염려해 먹는 양을 줄이고 칼로리를 계산하고 먹고 토해내는 등 정도의 차이만 있을 뿐이지 다이어트로 인해 너무나 많은 시간과 감정을 허비하고 있다는 사실은 똑같았다. 우리가 원하는 건 하나였다. 예뻐지는 것. 날씬해지는 것.

의구심이 들었다. 나는 온전히 내가 잘못했기 때문에 식이장애를 겪었다고 생각했는데 정말 내가 겪은 고통이 100퍼센트 내 탓일까? 나와 똑같은 고통을 겪고 있는 친구들도 각자가 잘못했기 때문에 고통받아야만 했던 걸까? 우리가 엄마 뱃속에서부터 날씬하고 마른 몸이 아름답다고 느껴서 훗날 태어나면 그렇게 살아야지 하고 결심한 걸까? 도대체 무엇이 우리를 이렇게 맹목적으로 다이어트에 매달리게 만들었을까? 왜 우리는 아까운 인생을 이렇게 허비하며 살고 있을까.

개인의 문제가 아님을 알 수 있었다. 전공 수업을 들을 때

교수님께서 '어떠한 현상이 개인에게만 나타나는 것이 아니라 특수한 조건이나 배경에 따라 보편적으로 나타난다면 그건 사회적 연구 대상이 된다'고 말씀하셨던 것이 떠올랐다.

그렇다. 이 문제는 오랜 사회적 분위기와 맞닿아있었다. 어릴 때부터 너무나 촘촘하게 주입되어 온 아름다움에 대한 고정관념이 쌓이고 쌓여 지금의 우리에게 영향을 준 것이라는 생각이 들었다.

'여자 몸무게는 50kg이 넘어가면 안 된다.'
'예쁘면 고시를 패스한 것과 같다.'
'시집 잘 가서 남편에게 사랑받고 잘 살면 장땡이다.'
'예뻐야 취직도 잘 된다.'
'어리고 예쁠 때 빨리 선을 봐야한다.'
'여자는 크리스마스 케이크와 같아서 25살 넘으면 꺾인다.'

머리끝부터 발끝까지 내 외모를 재단하며 평가하는 말들. 되돌아보니 나는 그동안 사람이 아니라 여자였다. 그것도 가장 예쁜 여자가 되길 원하는 여자. 그러나 가장 예쁜 여자라는 타이틀은 허상이었다. 애초에 존재하지도 않았다.

터무니없는 말에 넘어가서 지금까지 너무나 많은 시간과 감정을 허비했다. 이제는 사회가 요구하는 인형이 되길 거부하고 내 존재 자체로 살고 싶다. 다른 누구에게 사랑받지 않아도 나로서 굳건히 서있을 수 있는 강한 내가 되고 싶다.

살을 빼야만 진정한 인생이 시작된다고 믿었던 나를 묻어두고 지금 내 모습 그대로 내가 하고 싶은 일을 이뤄야겠다는 마음이 요동쳤다.

4.

이제야
나답게
살기 시작했다

먹고 싶은 음식을 먹고 해야 할 일을 하고,
운동하고 싶을 때 운동하고 잠과 휴식도 충분히 챙겼다.
그러다 보니 몸무게가 멈췄다.
62kg. 나답게 살 때 내 몸이 가장 편안해 하는 체중이었다.
세상이 인정하는 몸무게가 아닐지라도
내 몸을 혐오하고 미워할 이유가 없었다.
오히려 내 몸을 긍정할 이유가 넘쳐났다.
몸무게의 앞자리가 '4'이어야만 한다는 강박도 사라졌다.

다이어트에 실패한 '루저의 변명'이라니

다이어트를 그만둔 지 1년쯤 지났을까. 오히려 살이 빠졌다. 처음 다이어트를 그만둘 때는 기대조차 하지 않았던 일인데 막상 살이 빠지니 그냥 담담했다. 먹고 싶은 음식을 마음껏 먹어서 체중이 2~3kg 늘은 것까지 포함해 조금 더 빠진 정도였지만 체중이 줄어든 것보다 삶에 활력이 생긴 점이 더 좋았다.

내 몸은 내가 먹고 싶은 음식을 필요한 만큼만 먹도록 식욕을 조절해주었고 가끔씩 운동이 그리워지도록 나를 독려해주었다. 기분이 울적할 때마다 걷거나 뛰었고 용기가 필요할 때는 산을 찾았다. 접영 하는 모습이 멋있어 보여서 수영을 등록하기도 했다.

생리 주기가 불규칙한 것도 타고난 체질인 줄 알았는데 놀랍게도 다이어트를 그만두니 건강한 주기를 되찾았다. 더불어 생리 전에 달콤한 음식이 당기는 자연스러운 호르몬 작용도 받아들이고 그대로 즐겼다. 어차피 생리 기간이 끝남과 동시에 식욕은 다시 잠잠해질 테니까.

맛있는 음식을 즐기는 것도 같은 맥락이었다. 아무리 맛있는 음식이라도 배부르면 '나중에 또 먹으면 되지'라고 생각하며 숟가락을 내려놓았다. 내 몸을 알아가는 즐거움을 느끼게 되니 내 몸을 신뢰할 수 있게 되었다. 이게 얼마나 어렵고 또 뿌듯한 일인지 알기 때문에 더욱 내 몸이 고맙고 사랑스러웠다.

이러한 삶이 진짜 내 인생이었다. 자연스러운 라이프 스타일에 맞춰 먹고 싶은 음식을 먹고, 해야 할 일을 하고, 운동하고 싶을 때 운동하고, 잠과 휴식도 충분히 챙겼다. 그러다 보니 어느 순간 일정 몸무게에서 숫자가 멈췄다. 62kg. 내가 나답게 살 때 내 몸이 가장 편안해 하는 체중이었다.

세상이 인정하는 몸무게가 아닐지라도 나는 굳이 아름다울 필요는 없었다. 내 몸을 혐오하고 미워할 이유가 없었다. 오히려 내 몸을 긍정할 이유는 충분히 넘쳐났다. 더 이상 몸무게의 앞자리가 '4'이어야만 한다는 강박도 사라졌다.

일상이 제자리를 찾을 즈음 우연히 '보디 포지티브body positive' 운동을 알게 되었다. 자신의 몸을 있는 그대로 긍정하는 것. 적어도 미워하거나 혐오하지 않는 것. 내 생각과 일맥상통하는 걸 깨닫고 곧장 나는 스스로를 보디 포지티브 운동가라고 정의했다. 이런 나에게 종종 의문을 제기하는 사람들이 있었다.

"살 빼기 귀찮으니까 다이어트 안 하겠다는 거 아닌가요?"

"다이어트에 실패한 루저의 변명."

"본인이 게을러서 살 빼지 못하는 걸 핑계 대지 마세요."

가장 많이 받은 질문은 비만을 합리화하지 말라는 것이었다. 나는 의문이 들었다. 미친 듯이 다이어트에 매달리며 강박증과 식이장애를 겪다가 이제야 있는 그대로의 자신을 받아들이고 마주보게 됐는데 이게 비만을 합리화하는 거라고?

일상을 살다보면 우리는 수많은 외모 지상주의 메시지에 노출된다. 당장 지하철만 타도 사방에 넘쳐난다. '성형해서 예뻐지면 인생이 바뀌어' '걔는 했는데 왜 너는 안 해?' '부작용 없이 예뻐지고 싶어? 날씬한 몸을 원해? 그럼 여기로 와'.

매스컴에서는 스타들이 더 날씬해지기 위해 어떤 다이어트를 했는지 비법을 공유한다. 드라마와 영화에서 온갖 역경을 딛고 해피엔딩을 맞이한 여주인공은 하나같이 예쁘고 날씬하다. SNS에서는 머릿결, 피부 트러블, 종아리 알, 손발톱 심지어 유두 색깔마저도 핑크빛으로 아름다워져야 한다며 몸을 재단하고 기준을 매긴다. 몸을 옆구리 살, 허벅지 살, 이중턱, 종아리 라인, 무릎, 승모근 등 부위별로 나누어 '이래야 예쁜 몸'이라며 달성해야 할 이상향을 만든다.

다이어트를 추천하는 콘텐츠는 넘쳐난다. 어떤 부작용이

찾아올지 모른 채로 식욕억제제나 칼로리 컷팅제를 아무렇지 않게 추천한다. 마르고 날씬한 사람도, 나와 비슷한 사람도, 혹은 나보다 몸무게가 더 나가는 사람도 똑같이 외모와 몸매에 신경 쓰고 365일 다이어트를 울부짖는다.

다이어트 세계에 유토피아는 없다. 그 누구도 다이어트가 끝이 없는 무한의 마라톤이라는 걸 모르고 그저 사회가 만든 미의 기준을 따라가기 위해 열심히 달리기만 한다. 나도 절벽 끝으로 몰리기 전까지는 몰랐다. 하지만 그 끝에 서보니 훤히 보였다. 마치 사회가 아름다움을 장려하는 것 같았다. 노력해서 예쁨을 쟁취하라고, 그러지 못한 너는 게으른 거라며 낙인찍는 잔인한 난장판이었다. 이런 상황에서 '적어도 자신을 미워하지 말고 제대로 마주보며 긍정해주자'고 말한 것이 어떻게 비만을 합리화하는 것처럼 보이는지 메시지를 왜곡해서 해석하는 사람에게 묻고 싶다.

"오히려 당신이 예쁨과 마름에 대한 강박을 만들어내고 있는 건 아닐까요?"

어딜 가든지 내가 제일 예쁜 사람이 아니어도 괜찮다. 예쁜 건 나의 가치를 상승시켜주는 권력이 아니니까. 그게 진짜 권력이라면 트럼프도 하이힐을 신고 풀 메이크업을 했겠지.

대신 다른 욕심이 생겼다. 나는 잠시 묻어두었던 버킷리스트를 꺼내보았다. 비키니 입기, 남자친구 사귀기 등 다이어트에 성공한다는 전제하에 적어두었던 목록을 보고 웃음이 났다. 뭐야, 지금 모습으로도 충분히 할 수 있는 거잖아? 진심이었다. 버킷리스트에서 가장 해보고 싶었던 마지막 하나. 뚱뚱한 주제에 이 정도면 충분하다고 생각하며 적어두었던 '모델 아르바이트 해보기'가 보였다. 나는 내게 물었다.

'과연 아르바이트생으로 만족할 수 있어?'

만족할 수 없었다. 어릴 때의 기억이 떠오르면서 마음이 벅차올랐다. 끝장을 보고 싶었다. 대학 졸업까지 1년 남짓한 시간이 남아있었다. 취준생들이 그렇듯 나도 기업의 공개채용을 준비하고 스펙을 쌓아야 할 것들이 많았다. 그러나 나는 다이어트로 인해 지금까지 너무나 많은 시간을 허비했다. 졸업 전까지 남은 시간마저도 하고 싶지 않은 일을 하며 보내고 싶지 않았다. 학생 신분일 때 해보고 싶은 모든 일에 나를 던져보고 싶었다. 살 빼지 않은 지금 모습 그대로.

살을 더 찌워서 오라고요?!

애슐리 그레이엄Ashley Graham. 미국에서 제일 잘나가는 플러스 사이즈 모델인 그녀의 존재를 알게 되자 희망이 보였다. 이미 해외에서는 44 사이즈여야만 모델이 될 수 있는 경계가 흐려지고 점차 모델 사이즈가 다양화되고 있었다. 지금 몸에서 사이즈를 바꾸지 않아도 충분히 노력하면 모델을 할 수 있을 거라는 기대가 생겼다.

한국에서도 플러스 사이즈 모델을 선발하는 곳이 있는지 인터넷에 검색해봤다. 메이저 패션 브랜드에서는 플러스 사이즈 모델을 등장시키는 경우가 드물었고, 대부분 플러스 사이즈 고객을 타깃으로 의류를 판매하는 쇼핑몰에서 모델을 뽑곤 했다. 그중 한 유명 쇼핑몰에서 플러스 사이즈 모델 선발 콘테스트를 연다는 공고를 발견했다. 나는 두근거리는 마음으로 필요한 서류가 무엇인지 확인했다. 이력서와 자기소개서, 자신을 잘 보여줄 수 있는 사진. 그래 프로필! 프로필이 필요했다.

나는 곧장 대외활동에서 친해진 한 후배에게 연락했다. 후배는 아이돌 그룹 트와이스를 좋아해서 종종 카메라 장비를 빌

려 사진을 찍는 비정기적 홈마(카메라를 들고 아이돌의 스케줄을 따라 다니면서 사진과 동영상을 찍는 열성팬)였다. 인물 사진을 찍는 실력만큼은 누구에게도 뒤지지 않는 뛰어난 친구다. 프로필 사진 촬영을 부탁하자 흔쾌히 허락했고 곧바로 날짜를 정했다. 카메라 장비 대여 업체에서 후배가 지정한 기종의 카메라와 렌즈를 빌렸다. 그리고 우리는 뮤직비디오에 자주 등장하는 폐 놀이공원인 '용마랜드'로 향했다.

나는 카메라 장비를 갖추고 사진을 찍는 건 처음이라 긴장을 했다. 초반에는 모델 프로필 사진을 어떻게 찍어야 할지 몰라 어색했으나 금세 포즈와 표정이 자연스러워졌다. 셔터를 누르던 후배의 손가락도 덩달아 바빠졌다. 어릴 때 할아버지가 사진을 찍어주었던 추억이 떠올랐다. 순수하고 즐거웠던 그때 그 시절. 모델을 꿈꾸기만 했던 내가 이제는 모델이 되기 위해 본격적으로 한 발짝 앞을 내디디고 있었다.

후배에게 프로필 사진 촬영을 맡겼던 것은 신의 한 수였다. 생각보다 훨씬 결과물이 멋있었다. 사진 속 나는 도도하기도 했고, 행복해 보이기도 했으며 나른해 보이기도 했다. 지금 이 모습으로도 멋진 사진을 찍을 수 있구나. 다시 한번 감격이 몰려왔다. 그렇게 나는 '이 정도면 열심히 준비했다'는 생각으로 꼼꼼히 서류를 챙겨 모델 콘테스트에 지원했다.

다행히 1차 서류 전형에 합격했다는 연락을 받았다. 대망의 오디션을 앞둔 전날, 나는 오디션에 무엇을 입고 가야 할지 친구와 밤새 고민했다. 보디라인이 드러나는 티셔츠와 스키니 진을 입을지, 패션 센스와 체형 커버 능력을 보여줄 수 있는 옷을 입을지, 두 가지 스타일링을 두고 고심했다.

다음날 부푼 마음으로 오디션장에 들어갔다. 그곳에서는 역시나 기대했던 대로 다양한 사이즈의 모델 지원자가 있었다. 오디션 합격자는 이 중에서 단 한 명이겠지만 여기서 알게 된 사람들과 친해지는 것도 좋을 것 같다는 생각이 들었다. 그러던 중 현장 담당자로 보이는 스태프가 내게 말을 걸었다.

"박이슬 씨는 잘못 찾아오신 것 같은데요?"

순간 덜컥 불안감이 밀려왔다. 분명 사이즈 기준은 77부터였고 나는 77 사이즈 옷이 맞았기에 콘테스트에 신청해 여기까지 올 수 있었다. 초조하고 불안한 마음으로 오디션장에 들어섰다. 그곳에는 세 명의 심사위원이 있었고 모델 지원자에게 지원 동기부터 선호하는 스타일, 좋아하는 브랜드 등 질문을 던졌다. 드디어 내 차례가 돌아왔고 나는 전혀 예상하지 못한 말들을 들어야 했다.

"77 사이즈로 전혀 안 보이는데요? 한번 일어서 볼래요?"
"플러스 사이즈 모델 하기에는 임팩트가 부족한 것 같은데."
"합격한 뒤에 살을 찌워오라고 하면 찌울 수 있어요?"

황당했다. 살을 더 찌워야 한다고? 하지만 모델을 하고 싶은 마음이 간절해 서둘러 대답했다.

"필요하다면 살을 찌워올 수 있습니다."

그렇게 면접을 끝내고 집으로 돌아가는 길에 알 수 없는 자괴감이 나를 덮쳤다. '나는 어째서 살을 더 찌워올 수 있다고 대답한 거지?' 지금 이 모습을 받아들이고 모든 걸 도전하겠다고 결심한 지 얼마 지나지 않았는데 막상 모델이 될 수 있다고 생각하니 조급함을 느꼈다. 다시 내 몸을 저버리고 새로운 몸을 갖겠다고 대답한 나 자신에게 충격을 받았다.

불행인지 다행인지 나는 플러스 사이즈 모델 오디션에서 탈락했다. 물론 해당 브랜드가 추구하는 가치가 있고 그 자리에 내가 어울리지 않았기 때문에 아쉬움은 없었다. 다만 44 사이즈 모델보다 사이즈가 더 크면 무조건 플러스 사이즈 모델인 줄 알았는데 알고보니 플러스 사이즈 모델에도 '이 사이즈 이상은 되어야 한다'는 암묵적인 기준이 존재한다는 걸 처음 알게 됐다.

또다시 길을 잃은 느낌이었다. 나는 결국 모델을 하려면 지금의 모습에서 살을 빼거나 살을 찌우거나 하나를 선택해야 했다.

국내 1호 내추럴 사이즈 모델의 탄생

살을 더 찌우느냐, 더 빼느냐의 갈림길에 선 나는 치열하게 고민했다. 역시 내 모습으로 모델을 하기에는 부족한 걸까? 또다시 절망에 빠지려던 순간, 낙담만 하는 시간이 아깝게 느껴졌다. 나는 실패를 겪으면 포기하기보다 어떻게 하면 해낼 수 있을지를 고민하는 사람이다. 계속 방법을 찾다보면 돌파구가 있을 것 같았다.

그러던 중 인스타그램에서 한 플러스 사이즈 모델을 알게 됐다. 그녀는 주로 해외에서 활동했는데, 이런저런 이야기를 나누다가 그녀에게 내 고민을 털어놓게 됐다. 역시 하늘이 무너져도 솟아날 구멍이 있다는 옛 선조들의 말씀이 맞았다. 그녀는 나에게 솔깃한 이야기를 해주었다.

"내추럴 사이즈 모델이라는 걸 찾아보세요. 플러스 사이즈 모델과 44 사이즈 모델 사이의 사이즈를 가진 모델이에요. 해외에는 이미 다양한 사이즈의 모델이 등장해서 활동하고 있어요!"

내추럴 사이즈 모델. 입안에서 굴려지는 어감이 마음에 들었다. 나에게 꼭 맞는 옷을 찾아 입은 느낌도 들었다. 마치 운명이 나에게 이 길이 맞다고 손짓하는 기분이었다. 44 사이즈 모델도 있고 플러스 사이즈 모델도 있다면, 결국 모델하기에 불충분한 사이즈는 없다는 생각이 들었다. 어쩌면 대한민국 여성들이 가장 흔하게 가지고 있을 내추럴 사이즈의 모델이 된다면 더욱 사람들에게 도움이 될 것 같았다. 내추럴 사이즈 모델이 되려면 어떤 준비를 해야 하는지 찾기 위해 설레는 마음으로 인터넷에 검색했다.

'내추럴 사이즈 모델'

경쾌하게 엔터키를 눌렀지만 기대와 다르게 내추럴 사이즈 모델에 대한 정보는 단 한 개도 찾을 수 없었다. 아니, 내추럴 사이즈라는 표현을 쓰는 곳이 없었다. 그저 보이는 건 연구소에서 '내추럴 모형' '내추럴 모델'이라는 이름으로 무언가 실험한 연구 자료뿐이었다. 구글 검색에서 나오는 영어 자료는 한국에서 적용할 수 있는 사례가 아니었기에 더더욱 도움이 되지 않았다.

누군가 도전한 사람이 있다면 그 선례를 따라가면 될 텐데 정말 아무런 정보가 없었다. 아무것도. 하고 싶은 직업이 있을 때 그 직업에 대한 정보가 없는 경우는 태어나서 처음이었다. 또다시 눈을 질끈 감았다. 이를 어쩌면 좋을까 싶은 마음으로 친구와 통화를 했다. 친구는 의외로 쉽게 답을 생각해냈다.

"그럼 네가 국내 1호 내추럴 사이즈 모델을 하면 되잖아."

머리를 싸매고 고민한 것이 무색할 정도로 친구의 답변은 간결하고 직관적이었다. 너무 맞는 말이어서 차마 반박할 수도 없었다.

"그래, 지금부터 내가 국내 1호 내추럴 사이즈 모델이야!"

김춘수 시인은 이렇게 말했다. 누군가 이름을 불러주기 전에는 다만 하나의 몸짓에 지나지 않다고. 그러나 이름을 불러주면 다가와 꽃이 되어준다고. 그때부터 나는 자신을 내추럴 사이즈 모델이라고 정의했다. 작은 날갯짓의 시작이었다.

그다음 해야 할 일은 활동명을 정하는 거였다. 첫 번째로 떠올린 건 고등학교 때부터 별명이었던 '박듀'였다. '이슬'을 영어로 하면 '듀dew'였기에 학급 친구들이 붙여준 별명이었다. 익숙하고 독특했지만 한 가지 마음에 걸리는 부분이 있었다. 박듀를

잘못 발음하면 영어 욕같이 들렸다. 훗날 해외에서도 활동할 텐데 벌써부터 발음에 하자가 있으면 안 된다는 생각이 들었다. 그래서 과감하게 박듀를 제외했다.

두 번째로 떠올린 건 '마운틴듀'. 주변 사람들이 '등산을 좋아하는 이슬이'라며 붙여준 별명이다. 아쉽지만 이미 저작권이 있는 스포츠 음료 이름이었고 키워드 점유율부터 대단해 처음부터 싸움이 되지 않으리라 생각됐다. 바로 제외.

그 외에도 영어 이름 '지니' '에스더'나 평소에 예쁘다고 생각했던 이름을 떠올렸지만 막상 이거다 싶은 활동명이 없었다. 또다시 깊은 고민에 빠질 때쯤 평소에 눈여겨보던 영화 속 인물이 떠올랐다. 바로 영화 〈매드맥스 : 분노의 도로Mad Max : Fury Road〉에 등장하는 '치도'였다.

영화 〈매드맥스 : 분노의 도로〉는 여성들이 '임모탄'이라는 악당으로부터 벗어나 주체적인 삶을 되찾는 이야기다. 초반에 임모탄을 피해 도망치는 장면에서 "다시 돌아가자, 임모탄님도 우리를 용서해주실 거야!"라며 유일하게 약한 소리를 하는 캐릭터가 바로 치도다. 그러나 이야기가 진행됨에 따라 치도는 용기를 얻고 임모탄에 대항한다. 사실 치도는 이 영화를 여러 번 본 사람들도 잘 기억하지 못할 정도로 존재감이 불분명한 캐릭터다. 하지만 나는 치도의 모습을 잊을 수 없다. 치도가 시련에 넘어지고 투정 부리고 약한 소리를 하지만 결국 다시 일어나 도전하는 모습에서 내가 보였다. 모델 치도. 배보다 배꼽이 더 크다고 활동명을 정하고 나니 한자로 바꾸면 '길을 고쳐 닦는 일'이라는 해석도 가능했다. 보면 볼수록 마음에 드는 이름이었다.

모델 활동 포트폴리오와 패션 데일리룩을 올릴 SNS 계정을 개설했다. 첫 게시물을 올리고 설레는 마음으로 해시태그를 썼다. #내추럴사이즈모델 #치도. 해시태그를 본 팔로워들이 무엇인지 물어보면 설레는 마음으로 내추럴 사이즈 모델에 대해 설명해주었다.

모델 활동의 시작은 간단했지만 과정은 결코 만만치 않았다. 프로필 사진을 더 찍고 컴카드(composite card의 줄임말로 모델이 캐스팅 담당자에게 보여주기 위해 정리한 활동 이력)를 만들어 수많은 메일을 보냈다. 내추럴 사이즈는 물론이고 일반 모델을 뽑는 곳이어도 괜찮다 싶으면 컴카드를 보냈다. 메일에는 항상 이런 말을 덧붙였다.

'저는 66~77 사이즈를 가진 내추럴 사이즈 모델입니다. 대한민국에서 가장 흔한 사이즈인 제가 모델이 되면 구매자에게

더욱 도움이 되지 않을까요?'

메일을 수십 통 보냈는데 단 한 곳에서도 답장이 안 오다니! 애초 메일을 읽지 않는 곳도 많았다. 그래서 나는 평소 눈여겨 보던 의류 브랜드에 직접 연락해 찾아가기로 했다. 나같이 적극적인 사람이 드물었던 건지 내 연락을 받은 담당자는 흥미를 보였고, 나는 실물만이라도 보여주고 싶다고 설득해 1:1 오디션 기회를 얻기도 했다. 몇 개월 동안 수확이 거의 없었지만 그래도 포기하고 싶지 않았다.

의류 브랜드에 꾸준히 메일을 보내고 연락하기를 반복하다가 약 8개월 만에 나는 한 플러스 사이즈 쇼핑몰의 메인 모델이 되었다. 사업을 막 시작하는 신생 업체였고 나와 같은 내추럴 사이즈 모델과도 함께 일해보고 싶다며 먼저 제안해주었다.

한 곳과 계약을 하고 나니 다음 일은 좀 더 수월하게 들어왔다. 한번은 편안하고 자연스러운 여성 속옷을 만드는 브랜드에서 연락이 왔다. 사실 모델 활동을 하면서 속옷 모델을 꼭 한번 해보고 싶었다. 지금까지 속옷 모델은 마른 모델들의 전유물이었는데, 그 사이에서 꾸미지 않은 편안한 몸을 당당하게 드러내며 파격적으로 촬영하는 것이 소원이었다. 사실 처음 제안이 왔을 때 속옷 촬영이라는 점 때문에 조심스러운 마음이 들어 거절

할까 생각도 했다. 그러나 미팅에서 만난 담당자 모두 여성의 몸에 대해 나와 비슷한 생각을 하고 있다는 사실을 알게 되니 고민할 것이 없었다. 바로 계약서에 사인을 하고 촬영 날짜를 잡았다.

조금씩 모델로서 자리를 잡아가는 듯했지만 여전히 일자리는 44 사이즈 모델에 비해 적었다. 이 정도로는 먼 미래의 나를 책임질 수 없을 것 같다는 생각이 들었다. 내추럴 사이즈 모델을 더 알려야겠다는 필요성이 느껴졌다.

입고 싶은 옷을 그냥 입기로 했다

고등학교 때까지는 사복보다 교복을 입는 날이 많았다. 물론 사복도 잘 입고 싶었지만 나의 주요 관심사는 '어떻게 하면 교복을 더 날씬해 보이도록 입을까'였다. 그러나 대학교에 입학하고 연애를 하니 남자친구에게 예뻐 보이고 싶은 마음뿐이었고, 자연히 사복 스타일링에 대한 관심이 불타올랐다.

물론 스타일 감각이 타고난 친구들도 있지만 그렇지 않은 경우에는 옷을 많이 사서 입어보며 감을 익히는 것이 중요하다. 나 역시도 패션 센스를 타고나지 못한 편이었다. 더욱이 77 사이즈라는 장애물도 있었기에 무슨 옷을 입어야 하는지, 어떤 옷이 잘 어울리는지 몇 배로 더 고민했다.

숨기고 싶은 나의 패션 테러리스트 역사를 꺼내볼까 한다. 지금 생각해도 굉장히 수치스러운 흑역사는 대학생 시절 생애 첫 남자친구와 100일을 맞이한 날 일어났다. 나는 마치 음악가가 자신의 연주회에서 입을 법한 엘레강스한 검은색 원피스를 입었다. 반면 남자친구는 심플한 셔츠에 슬랙스를 입고 나왔다. 특별한 날에는 차려입어야 한다고 생각했지만 나는 정작 제일 중요한 나이를 고려하지 못했다. 내 모습을 본 남자친구의 당황한 눈빛을 잊을 수가 없다. 심지어 그날은 굽이 가는 구두를 신었는데 굽이 내 체중을 지탱하기 버거웠던 건지 중심을 잡지 못해 발에 통증이 심했다. 결국 남자친구가 신발을 바꿔 신어줬다.

대학교 2학년 때는 한창 살이 빠지기 시작해 50kg대까지 체중이 줄어 약간의 자신감이 생긴 상태였다. 그 당시 아이돌의 화려한 의상이 유행이었고 나는 민트색, 핫핑크색, 노란색, 심지어 도트 패턴의 화려한 블라우스와 바지를 주구장창 구입했다. 막상 사고 나니 내가 가진 옷 중에는 여기저기에 매치해서 입기 좋은 기본 아이템이 없었다. 어쩔 수 없이 화려한 옷에 화려한 옷을 매치해야 했다. 핫핑크색 블라우스에 민트색 바지를 입는 식이었다. 아마 나는 걸어 다니는 형광등처럼 보였겠지.

학교에는 언덕이 많았다. 특히 내가 다니던 사회과학대학은 언덕 높은 곳에 있었다. 나는 그 길을 하이힐을 신고 다녔다. 형광등 패션에 하이힐의 조합. 공부하러 다니는 게 아니라 마치 내 모습을 누군가에게 보여주기 위해 다녔던 것 같다. 발목과 발바닥은 고통을 호소하는데도 하이힐을 포기할 수 없었다.

어린 시절 카고바지의 쓰디쓴 추억 때문일까? 그저 유행하는 옷과 입어보고 싶은 스타일을 '살이 조금 빠졌으니 입어볼 수 있겠다!'는 생각에 신나서 걸치고 다녔다. 정작 내가 어떤 스타일을 좋아하고 어떤 옷이 잘 어울리는지 모른 채로.

다행히 많은 흑역사를 보유한 덕분에 나만의 스타일을 찾았고, 그 경험을 바탕으로 유튜브에서 하고 싶은 이야기도 많이 생겼다. 내가 유튜브를 시작한 이유는 내추럴 사이즈 모델을 알리기 위해서였다. 국내 패션 업계에서는 내추럴 사이즈 모델이라는 개념이 낯설었기 때문에 이를 효과적으로 알릴 방법이 무엇이 있을지 고민했다. 이때 패션이 내추럴 사이즈 모델과 보디 포지티브를 연결하는 고리가 되어 주었다.

'사이즈, 몸, 패션은 서로 떼어놓을 수 없는 관계지.'

과거에 내 몸을 사랑하지 못했던 이유 중 하나가 옷태가 나지 않는 패션 때문이었으니, 나와 비슷한 고민을 하는 사람들에게 생활 밀착형 노하우가 가득한 패션 스타일링 콘텐츠를 제공하면 자연스럽게 보디 포지티브 메시지를 전달할 수 있을 것 같았다.

마침 그 당시 패션 유튜브 시장에는 여자들이 선망하는 44 사이즈 크리에이터가 대부분이었다. 그들의 채널도 충분히 훌륭

하고 노하우가 많지만 좀 더 다양한 사이즈를 가진 패션 크리에이터가 등장하면 좋을 것 같았다.

과거에 나는 살을 빼야만 밝은 색 바지를 입을 수 있고 완벽한 몸매여야만 비치웨어를 입고 바닷가에 놀러 갈 수 있는 줄 알았다. 그러나 스타일은 몸매만으로 만들어지는 것이 아니었다. 사이즈가 커도 충분히 패션을 즐길 수 있다.

내가 유튜브에서 구독자에게 전달하고 싶은 메시지는 간단했다. '옷에 몸을 맞추지 말고 내 몸에 옷을 맞추자'는 것. 주체적인 패션 생활을 독려하는 의미다. 어떤 때는 '날씬해 보이지 않으면 어때? 입고 싶은 옷을 입고 지금 행복해지는 것도 방법이다'는 말을 건네기도 했다. 특히 사이즈가 커질수록 소극적으로 입게 되는 수영복, 속옷, 스포츠웨어 같은 아이템을 적극적으로 콘텐츠에 활용했다.

무엇보다 패션 콘텐츠에 보디 포지티브 메시지를 담고 싶었다. 어떤 콘텐츠가 좋을지 고민하던 중 해외에서 유행하는 '옷 입히기' 영상을 발견했다. 한 가지 주제에 대한 옷을 준비해 행거에 걸어놓고 직접 옷을 입고 벗으며 스타일과 핏을 보여주는 콘텐츠였다. 잘만 수정하면 패션 노하우와 보디 포지티브 메시지를 모두 보여줄 수 있겠다는 생각이 들었다.

그때까지 한국에는 옷 입히기 형식의 영상을 찍은 사람이 없었다. 두 가지 경우의 수가 떠올랐다. 운 좋게도 이 콘텐츠를 아무도 발견하지 못한 경우이거나, 애초 콘텐츠로 만들 이유가 없어서 (속옷만 입고 시작한다는 점이 국내 정서와 맞지 않을 수 있기에) 존재하지 않는 경우이거나. 고민이 시작되었다.

졸업이 한 학기 남은 시점이었음에도 불구하고 수업에 집중이 되지 않았다. 며칠 내내 '이 콘텐츠를 해볼까? 해도 괜찮을까? 어떻게 해야 할까?'라는 고민만 반복했다. 고민이 해결되지 않자 학과 동기와 선배에게 의견을 물어봤다.

"옷 입히기 영상을 한국에서 처음으로 시작한다면 사람들이 어떻게 받아들일까? 속옷보다는 부담 없는 검은색 톱과 속바지를 입고 촬영할 예정이야. 왜냐하면 나는 여성의 신체가 자유롭기를 원하지 성적 대상화되는 것은 원하지 않거든. 조금의 여지도 주고 싶지 않아. 특히 첫 시도니까 더더욱."

동기와 선배는 사회학과답게 다양한 관점으로 의견을 말해주었다. 급진적이지만 충분히 해볼 만한 훌륭한 시도인 것 같다며 나를 응원해줬다. 열띤 토론 끝에 값진 결론을 얻었다. 결정을 내렸으니 좀 더 세밀하게 나만의 기획 기준을 세웠다.

첫째, 키와 몸무게를 공개할 것.

여성의 몸무게가 터부시되는 분위기를 깨고 싶으니까.

둘째, 포즈와 표정을 생각할 것.

성적 대상화되는 것을 최대한 배제하고 싶으니까.

셋째, 단어 사용을 조심할 것.

어떤 의도를 담느냐에 따라 결과가 달라지니까.

넷째, 브랜드 선택에 신중할 것.

나조차 입지 못할 사이즈의 옷을 파는 브랜드는 돈을 준다고 해도 소개하고 싶지 않으니까.

그렇게 해서 '치도 옷 입히기' 콘텐츠가 세상에 나올 수 있었다. 영상에서 나는 적극적으로 내 몸과 패션을 공개했다. 영상이 큰 인기를 얻자 나에게 힘을 주고 내추럴 사이즈 모델이 될 수 있도록 이끌어준 보디 포지티브 메시지를 본격적으로 알리고 싶었다. 더 이상 자신의 몸을 숨기고 미워하지 말았으면 하는 바람. 그게 전부였다. 그래서 내가 겪었던 식이장애와 다이어트 강박 이야기를 세상에 오픈하기로 했다.

불특정 다수에게 내 과거의 치부를 드러내고 콤플렉스를 말한다는 것이 두렵기도 했다. 하지만 꼭 해야 할 일이라는 생각이 들었고 생각보다 많은 사람들이 겪는 식이장애와 다이어트 강박에 대한 이슈가 수면 위로 올라와야 한다고 느꼈다.

나는 한때 식이장애를 내가 잘못해서 나 혼자만 겪는 일이라고 생각했다. 그래서 외로웠다. 하지만 친구들에게 털어놓으니 속이 후련했다. 무엇보다 나만 겪는 일이 아니라 생각보다 많은 여자들이 겪는 일이라는 사실에 놀랐다. 누군가 이 고민을 함께 나눌 사람이 있으면 좋겠다는 마음이 간절했다.

어떻게 이야기를 시작할지 큰 틀만 정해놓고 카메라를 켰다. 대본 없이 담담하게 이야기를 시작했다. 식이장애를 겪은 이야기, 극복하려고 노력한 이야기, 다이어트를 그만둔 이야기, 식욕을 미워한 이야기, 보디 포지티브에 대한 생각까지 하나둘 풀어냈다. 점점 콘텐츠가 쌓이니 댓글이 달리기 시작했다. 모두들 본인에 대한 자책, 아름다움에 대한 강박, 망가진 일상, 식이장애를 겪고 있는 고통에 대해 길게 적어주었다.

댓글을 읽으면서 마음이 아팠다. 우리는 왜 이런 일을 겪어야만 했을까. 영상으로 소통하는 것은 충분하지 못하다는 생각이 들었다. 나만 이야기하고 끝낼 것이 아니라 더 적극적으로 사람들이 직접 자신의 몸을 긍정하고 행복하게 받아들일 수 있는 생각을 심어주고 싶었다. 그러던 중 나에게 운명 같은 일이 벌어졌다.

사이즈 차별 없는 패션쇼

꿈을 꿨다. 꿈에서 내가 직접 패션쇼를 주최해 모델을 뽑는 오디션을 봤다. 런웨이에 올라서기 전 백스테이지에서 호흡을 고르는 내 모습을 봤다. 꿈을 꾸면 일어나자마자 잊혀지기 마련인데, 이 꿈은 이상하게도 매우 선명히 기억이 났다.

내추럴 사이즈 모델 일을 시작하고 패션쇼에 서는 것이 곧 내가 이루고 싶었던 가장 큰 소원이었다. 때문에 언젠가 유명한 모델이 돼서 유명 브랜드 쇼에 서는 것을 원했지, 내가 패션쇼를 주최한다는 생각은 단 한 번도 해본 적이 없다. 왜냐하면 나는 디자이너가 아니었으니까. 그러나 아이러니하게도 그날 꾼 꿈으로 인해 내 관점이 바뀌었다.

꿈을 꾼 날 이후에도 종종 꿈 내용이 생각났다. 가만히 생각해보니 ① 사이즈 차별 없는 세상이 되고 ② 내가 유명 모델이 되어 ③ 패션쇼의 런웨이에 서는 것보다 차라리 내가 패션쇼를 주최하고 그 무대에 올라가는 것이 더 빠를 것 같았다.

'패션쇼를 주최하려면 뭐가 있어야 하지? 일단 많은 자본?

그 자본은 어디서 구할까? 아르바이트? 투자? 크라우드 펀딩?'

마인드맵을 그리듯 생각이 이어졌고 그러다 문득 산을 타다 알게 된 언니의 SNS에서 '꿈 공모전'이라는 단어를 스치듯 본 것이 떠올랐다. 내가 본 사진 속에서 언니는 공모전 대상 피켓을 들고 해맑게 카메라를 응시하고 있었다. 피켓에 적힌 금액은 1천만 원. 액수가 기가 막히도록 또렷하게 기억났다. 1천만 원이면 패션쇼를 열 수 있겠지? 바로 언니에게 어떤 공모전인지, 무엇을 준비해야 하는지 물어봤다.

언니는 반갑게 연락을 받아주며 공모전에 대해 세세하게 알려주었다. 곧 사전 설명회가 열리는데 신청해서 들어보는 것도 좋을 것 같다, 이슬이의 꿈이라면 분명 합격할 거다, 꼭 해봤으면 좋겠다며 응원을 해주었다. 곧 사전 설명회가 열린다니 타이밍이 좋았다.

내가 신청한 공모전 'BAT Do-Dream(두드림)'은 신청자 중 청년 열 팀을 뽑아 각각 800만 원을 지원해 그들이 계획한 꿈을 실행하도록 돕는 일종의 사회 환원 프로그램이었다. 몇 개월간 꿈 계획을 실행한 뒤 다시 심사를 통해 대상 한 팀을 선정하여 1천만 원의 상금을 지급했다. 열 팀을 선정하는 심사 과정은 1차 서류 제출, 2차 자세한 꿈 계획서 제출, 3차 면접으로 이루어졌다.

나는 공모전에 대한민국 1호 내추럴 사이즈 모델로서 '사이즈 차별 없는 패션쇼'를 주최하겠다는 꿈으로 지원했다. 내 패션쇼에서만큼은 어떠한 사이즈를 가지고 있든 상관없이 다양한 모델을 선보이고 싶었다. 정말 간절한 마음으로 각 심사 과정에 임했다. 매일 밤 내가 공모전에 합격하는 순간과 지원금 800만 원으로 패션쇼를 열어 무대를 장식하는 상상을 했다. 어떤 날은 공모전이 끝난 뒤 대상을 수상해 1천만 원을 받는 상상을 하기도 했다.

'2018년 BAT Do-Dream 공모전! 그 영광의 대상 수상자는 바로… 국내 1호 내추럴 사이즈 모델 박이슬 씨입니다!'

어떤 날은 상상 속 장면이 너무 생생하게 느껴져서 나도 모르게 눈물이 울컥했다. 그 정도로 간절하게 준비했다.

내 마음이 하늘에 닿았던 걸까? 나는 결국 공모전에 합격했다. 이제 내가 해야 할 일은 800만 원의 예산으로 무사히 패션쇼를 치르는 것. 합격만이 능사가 아니었다. 본격적인 일은 이제부터 시작이었다.

내가 해야 할 일은 대략 이러했다. ① 패션쇼의 구체적인 기획과 틀을 짜고 ② 장소를 알아보고 ③ 연출을 구상하고 ④ 쇼 이름과 슬로건을 정하고 ⑤ 포스터와 티켓을 만들고 ⑥ 모델을 뽑아 워킹 연습을 하고 ⑦ 모델들에게 입힐 옷을 협찬받고 ⑧ 리허설하고 ⑨ 패션쇼를 홍보하고 ⑩ 티켓을 팔아 객석을 가득 채우는 것. 이 모든 과정을 거의 혼자 해야만 했다. 다행히도 지인에게 도움을 받아 대략적인 기획을 하고 포스터와 티켓 등 디자인 관련된 일을 빠르게 끝낼 수 있었다. 그러나 쇼를 준비하는 매 순간순간이 나에게는 위기였다.

패션쇼 이름이 정해졌다. 제1회 사이즈 차별 없는 패션쇼 〈내일 입을 옷〉. 누구나 '내일 뭐 입지?'라는 고민을 한다. 그런데 사이즈가 클수록 선택할 수 있는 옷도, 도전할 수 있는 스타일도 제한적일 거라는 편견이 있다. 나는 이 편견을 깨고 싶었다. 그래서 이 쇼에서만큼은 사이즈가 큰 사람일지라도 내일 입을 옷의 선택지가 많다는 걸 보여주고 싶었다.

모델 모집을 시작했다. 서류 심사에서는 사이즈를 적을 수 없도록 했다. 다만 지원자가 왜 모델을 신청했는지 알기 위해 지원 동기를 묻는 칸만 크게 만들었다. 애초에 내 쇼에는 사이즈가 중요하지 않으니까 신청자의 이야기를 들어보는 것만으로도 충분했다. 생각보다 훨씬 많은 사람이 지원했다. 그래서 나도 진지한 마음으로 그들의 이야기를 읽었다.

'원래 모델이 꿈이었어요. 저의 뚱뚱한 몸으로 모델을 할 수 있을 거라고는 감히 생각도 못 했어요. 늘 안 될 거라고만 생각했는데 도전해보고 싶습니다.'

'저는 심한 외모 콤플렉스에 시달렸어요. 나 자신을 사랑하지 못했어요. 패션쇼에 선 제 멋진 모습을 보고 콤플렉스를 극복하고 싶습니다. 부모님께도 보여드리고 싶어요. 제가 할 수 있다는 걸.'

이 쇼는 나에게만 간절한 것이 아니란 걸 깨달았다. 사람들의 지원 동기를 읽을수록 더욱 힘이 났다. 아무리 위기가 닥쳐도 쇼는 반드시 성공적으로 이루어져야만 했다. 내가 그렇게 만들어야 했다.

지원 서류를 보낸 사람들 중 제대로 공지를 숙지하지 않아 누락한 자료가 있거나 성의 없이 한두 줄을 쓴 사람을 제외하고 모두 오디션에 초대했다. 오디션에서 실제로 만난 사람들은 참 빛이 났다. 다양한 질문과 대답이 오갔고 나는 가장 마지막에 워킹을 요청했다. 패션쇼에 선다면 적어도 100여 명이 넘는 관객 앞에서 걸어야 하기에 지금 여기에서 부끄러워하지 않고 당

당하게 걸을 수 있는지 확인하고 싶었다.

내 걱정은 순식간에 사라졌다. 도대체 이런 재능을 어떻게 숨기고 살았는지 의문이 들 정도로 모두들 자신만의 개성 넘치는 워킹을 보여줬다. 오히려 나는 이들 중 어떻게 20명을 선발해야 할지 난감했다.

어려운 결정 끝에 20명을 선발했다. 20명의 모델을 위해 앞으로의 일정을 설명하는 오리엔테이션과 워킹을 연습할 클래스를 마련했다. 워킹 클래스에는 나에게 내추럴 사이즈 모델의 길을 알려주었던 플러스 사이즈 모델을 선생님으로 모셨다.

그다음에는 모두들 꿈꿨지만 살 때문에 혹은 외모 콤플렉스 때문에 입지 못했던 옷을 입고 프로필 사진을 촬영했다. 혼자가 아닌 함께 만들어간다는 생각이 서로의 마음을 든든하게 해주었다.

허나 모든 일이 순탄하기만 한 것은 아니었다. 애초 패션쇼로 돈을 벌겠다는 생각은 없었기에 티켓을 무료로 배부하고 싶었으나 예산이 부족했다. 무엇보다 사이즈가 다양한 모델들을 중점으로 내세웠기에 개개인의 사이즈에 맞춘 옷을 공급하는 일이 제일 어려웠다. 내가 모델로 활동하던 두 브랜드에서 의상을 협찬해주었지만 그럼에도 20명의 모델이 두 번씩 입을 총

40벌의 옷을 채우기에는 역부족이었다. 패션쇼 콘셉트에 적합한 옷임에도 사이즈가 없어서 입지 못하기도 했다. 다시 한번 한국은 사이즈 차별이 만연한 사회라는 사실을 뼈저리게 느꼈다. 나는 직접 동대문 새벽시장을 돌며 원하는 옷이 나올 때까지 매일 밤 시장을 걷고 또 걸었다.

패션쇼 D-7. 패션쇼 취재 요청서를 만들어 관심을 보일 것 같은 언론사에 메일을 보냈다. 또한 포스터부터 티켓, 연출, 모델들의 프로필 사진까지 작은 것 하나에도 패션쇼의 의도가 전달되도록 신경 썼다. 나의 조그마한 외침이 세상에 닿길 바라면서.

패션쇼 D-day. 2018년 11월 10일 홍대 연희예술극장. 패션쇼장은 온라인에서 완판된 사전 티켓 구매자들과 모델들의 가족, 현장에서 티켓을 구매한 사람들, 취재 요청서를 읽고 온 언론사 기자들로 가득찼다. 몰려든 인파에 놀라움과 안도감이 교차했다.

패션쇼 시작 1분 전. 첫 번째 순서로 런웨이를 걷게 될 나는 이미 무대 뒤편에 서서 시작을 기다렸다. 두근두근 쿵쿵. 이제야 내가 어디에 서있는지 알아차릴 수 있었다. 나는 패션쇼를 열었고 오늘이 바로 그날이며 몇 초 뒤에 무대로 나간다. 순간 온몸에 소름이 돋으면서 약 1년 전에 꿈에서 본 장면이 떠올랐다. 백스테이지에서 스탠바이를 기다리던 모습. 꿈을 꾼 다음 날 아침부터 지금까지 있었던 모든 일들이 파노라마처럼 머릿속을 스쳐지나갔다. 불과 한 겨울밤에 잊혀질 꿈을 현실로 만들어낸 상황이 믿기지 않았다.

조명이 켜지고 음악이 흘러나왔다. 심장이 터질 것 같았지만 발을 내디뎌야 했다. 환한 조명 때문에 관객들이 잘 보이지 않았다. 그래서 더 나아갔다. 한 걸음 한 걸음 조금씩 나아갈 때마다 관객들의 실루엣이 선명해졌다. 곧 나를 둘러싼 관객들이 보였다. 그들의 눈빛, 눈동자와 마주쳤다. 눈으로 그들에게 외쳤다. 우리가 여기에 있다고. 사이즈 상관없이 패션쇼 무대에 선 우리를 지켜보라고.

그 뒤로는 기억이 나지 않는다. 옷을 갈아입고 다른 모델들 순서를 챙기고, 다시 워킹하러 나가고. 폭풍 같은 시간이었다. 패션쇼가 제시간에 끝난 덕분에 추가로 준비한 토크 콘서트도 무사히 마칠 수 있었다. 안도감이 전신으로 퍼졌다. 결국 해냈구나! 축하해 이슬아! 나에게 인사를 건넸다. 내가 꿈을 이루려고 시작한 패션쇼였지만 동시에 우리 모두의 꿈도 함께 이뤄진 것이 신기했다.

어제도 오늘도 내일도 두려움과 마주하다

패션쇼를 기점으로 변화가 시작됐다. 일단 저질러보자고 보냈던 취재 요청서로 인해 패션쇼가 알려졌고 그 뒤로 신기하게도 수많은 언론사에서 연락이 왔다. 유명한 메이저 방송사를 비롯해 외신에서도 보디 포지티브와 내추럴 사이즈 모델, 그리고 이 모든 내용을 담고 있는 유튜브 채널에 대해서 알고 싶다며 연락이 왔다. 언론사 기자들은 호기심으로 가득 차 질문 리스트를 빼곡히 채워서 보내줬고 나는 물 만난 고기처럼 지금까지 하고 싶었던 이야기들을 신나게 쏟아냈다. 그중 유독 많은 사람들이 유튜브 채널에 대해 관심을 갖고 질문을 했다.

"유튜브 콘텐츠 기획은 어떻게 하나요? 아이디어가 끊길 때가 있지 않나요?"

그럴 때마다 나는 "늘 말하고 싶었던 이야기를 영상으로 풀어내고 있어요"라고 짧게 대답했지만 정작 '말하고 싶었던 이야기'는 어디서부터 어떻게 오는지 한 번도 공개한 적이 없다. 왜

냐하면 참 부끄러웠기 때문에. 나의 영상들은 모조리 내 두려움으로부터 기인했던 것이기에.

다이어트를 그만둘 때 태어나서 처음으로 감당할 수 없는 두려움과 맞섰다. 평생 뚱뚱한 모습으로 살아가고 싶지 않은 마음과 미움받고 싶지 않은 마음에 뒤덮여 자신을 사랑하지 못하는 나를 똑바로 바라보고 인정해야만 했다. 그리고 60kg이 넘어가는 몸이 '내 것'이라는 사실을 나에게 통보했다. 미안하지만 평생 그렇게 살아도 나는 나를 사랑할 거라고.

두려움을 직면했던 용기는 나를 성장시켰다. 힘겹지만 조금씩 용기를 내보는 연습을 했던 것 같다. 영화에서 치도는 처음에는 무섭다고 툴툴대고 못 한다고 다시 돌아가자고 약한 소리를 하지만 결국 이겨내는 인물이니까. 그때부터 두려움은 영상을 제작하는 데 장작이 되어주었다.

내 몸무게와 살을 사람들에게 드러내는 것이 싫었다. 중고등학교 시절 체격 검사를 하는 날에 학급 친구들 앞에서 키와 몸무게를 재는 것이 수치스럽고 부끄러웠다. 그 뒤에도 나는 내 몸을 숨기고 가리기에 급급했다. 머리끝부터 발끝까지 검은색 옷을 입었고 앉을 때마다 허벅지 살을 가리기 위해 가방을 안고 앉는 것이 습관이 되어 불쑥 튀어나오기도 했다.

'대체 살에 대한 거부감은 어디에서 온 걸까? 그래, 몸무게가 많이 나가면 사람들에게 놀림 당할 것 같아서, 미움받고 인정받지 못할 것 같다는 두려움에서 시작된 거였어. 그러나 이제 내 몸과 몸무게가 나의 가치를 대변해줄 수 없다는 걸 잘 알아. 무엇보다 지금 모습으로 충분히 인정받고 사랑받을 수 있어. 그러니까 살에 대한 두려움을 이겨내야지.'

그래서 유튜브 썸네일과 제목에 키와 몸무게를 공개하고 옷을 직접 벗고 갈아입는 영상을 찍었다. 일부러. 더 이상 내 몸이 놀림과 부끄러움의 대상이 되는 것을 허용하지 않겠다는 결심이었다.

유튜브를 운영하면서도 두려움은 계속 있었다. 나는 패션 전문가도 아니고 전문 용어도 모르는데 어떻게 패션 콘텐츠를 시작할 것인가에 대한 두려움이었다. 패션 전문가여야만 패션 콘텐츠를 만들 수 있을까? 어쩌면 이 몸을 가지고 있기 때문에 나만이 할 수 있는 패션 이야기가 있지 않을까? 전문성이라는 건 무엇일까? 꾸준히 하다보면 전문성은 시간이 만들어주지 않을까? 이렇게 해서 지금의 생활 밀착형 패션 영상을 제작하게 됐다.

다이어트 강박과 식이장애를 털어놓을 때도 두려웠다. 내 경험이 흠이 되고 미래에 걸림돌이 되지 않을까 걱정했다. 그러나 숨기고 싶지 않았다. 내가 왜 보디 포지티브를 이야기하는지 말하고 싶었고 나와 비슷한 고통을 겪는 사람들에게 힘이 되어주고 싶었다. 그래서 용기를 내 털어놓았던 것이다.

나를 잘 모르는 사람들은 "말이 좋아 내추럴 사이즈 모델이지, 뚱뚱한 거 합리화하는 거잖아" "쟤는 좋은 대학 나와서 꼴랑 한다는 게 유튜브냐?"라고 말하며 내가 왜 이런 활동을 하는지 이유에는 전혀 관심이 없었다. 그래서 영상에 보이는 내 모습만 보고 나를 판단하면 어쩌나 두려움도 있었다.

악담을 하는 사람들이 분명히 존재한다는 건 예상했다. 어쨌든 나는 더 이상 나를 숨기고 속이고 싶지 않았다. 수군거리는 말들이 무서워서 포기하면 평생 후회할 걸 아니까.

영상으로 두려움을 이겨낸 사람은 나뿐만이 아니었다. 유튜브 구독자들이 남긴 댓글은 신기하고 놀라웠다.

'꿈을 포기한 적이 있어서 치도 님 마음이 이해돼요.'

'검은색 옷만 입었는데 밝은 색 옷에 도전해봤어요!'

'치도 님 덕분에 저도 다이어트를 그만뒀어요. 제 삶을 되찾은 지 몇 개월이 지났어요.'

'두렵지만 도전해보려고요. 이제부터 저를 사랑할래요.'

내 영상을 보고 함께 울고 웃고 도전하고 극복하는 사람들이 있었다. 어느덧 유튜브 채널은 팔로워 수가 15만 명을 넘었고 내 채널은 우리의 모험일지가 되었다.

나는 완벽하지 않다. 가장 최근에도 슬럼프를 겪었다. 다양한 이유가 있지만 특히 조회수와 댓글에 집착하고 구독자가 더 좋아할 것 같은 콘텐츠를 생각하다가 결국 녹다운이 되기도 했다. 갈수록 비슷한 콘텐츠를 제작하는 크리에이터가 늘었고 내 유튜브 채널이 묻히는 기분이었다. 사람들에게 잊혀질까봐 두려웠고 몇 주, 몇 달 동안 발을 동동거리면서 속상하게 울기만 했다. 유튜브를 시작한 당시의 목적이 희미해지고 조회수에 얽매여버린 것이다.

나도 슬럼프를 겪고 방향성이 흔들릴 때가 많다. 결국 내가 원하고 가고자 했던 초심은 사이즈 차별 없는 세상을 만드는 것이고, 그 방향성만 보고 가면 나는 길을 잃지 않을 것이다. 묵묵히 가다보면 어느 정점에 도달해있을 거라는 생각이 들었다. 그저 그런 유튜브 크리에이터가 되고 싶지 않고 무언가를 만들어내는 크리에이터이고 싶다.

그래서 나는 패션 콘텐츠 이외에 보디 포지티브를 중심으로 영상을 제작하고 영상에 다른 사람을 등장시키는 시도를 하고 있다. 유튜브 외의 다른 활동을 기획하고 앞으로도 다양한 시도를 해나갈 계획이다. 성장일기가 어디까지 이어질지 모르겠다. 그저 어제도 그러했고 오늘도 그러했듯이 내일도 나는 내 안의 두려움을 찾아 묵묵히 바라봐줄 것이다.

Epilogue

내 몸이
가장 편안한 몸무게로
사는 삶에 대하여

'인생에서 특별한 변곡점이 오는 순간, 그 사람의 세포 마을 하늘에는 오로라가 생긴다. 오로라의 영향으로 잠깐 동안 과거의 자신에게 텔레파시를 보낼 수 있는 주파수가 열린다.'

내가 즐겨보는 웹툰 〈유미의 세포들〉에 나오는 내용이다. 웹툰 주인공인 유미의 머릿속(웹툰에서는 세포 마을로 그려진다)에는 인간의 모습을 한 감정 세포들이 살고 있다. 불안 세포, 사랑 세포, 응큼 세포, 예의 세포, 식욕 세포, 자신감 세포 등 다양한 감정 세포들이 등장하며 각 세포들은 유미의 생각과 행동을 결정한다. 웹툰 326화에서 유미는 인생의 변곡점에 놓여 불투명한 미래로 불안해한다. 그때 텔레파시 세포가 등장해 미래의 유미에게 받은 시그널(메시지)을 전해준다. 미래에 유미는 해낸다고. 특별한 사람이 된다고.

어디까지나 작가의 상상력이지만 때로는 '미래에서 과거로 시그널을 보낸다'는 말이 진짜라는 생각이 든다. 어쩌면 과거에 비관적인 생각을 했던 나에게 현재 나의 텔레파시 세포가 포기하지 말라고 얘기해줬던 것은 아닐까.

텔레파시 세포는 살이 찌기 시작한 11살의 나에게 "모델이라는 꿈 포기하지 마. 미래에 너는 국내 1호 내추럴 사이즈 모델이 되었어. 그러니까 네가 뚱뚱하다는 이유, 고작 그거 하나만으로 절대 포기하지 마"라고 말했을지 모른다.

버킷리스트를 쓰면서도 다이어트를 놓지 못했던 고등학생인 나에게 "버킷리스트를 시작했구나. 잘했어. 지금 당장은 과연 내가 이룰 수 있을지 의심이 되고 막연할 거야. 하지만 넌 해내. 넌 특별한 사람이 맞아. 지금 네가 해야 할 일을 해. 예쁘고 날씬한 것보다 더 크고 대단할 걸 꿈꿔봐. 네가 이룰 수 있는 건 예쁜 여자가 전부가 아니야"라고 용기를 줬을지 모른다.

낮은 자존감으로 연애에 실패했던 대학생인 나에게 "아프고 힘들지? 괜찮아. 스스로 자존감을 갉아먹지 마. 첫 연애는 이미 놓쳤지만 그 뒤로 나를 성장시켜줄 또 다른 멋진 사람들이 나타나니까. 늘 네 인생의 주인공은 너라는 사실을 잊지 마. 중심을 잃지 마. 인생에서 1순위는 너야"라고 말하며 다독여줬을지도 모른다.

다이어트 강박증과 식이장애를 겪고 있던 나에게 "네 몸은 그토록 널 위해서 열심히 작동하는데 정작 너는 네 몸을 미워했어. 왜 너는 네 자신을 사랑해주지 못하니? 자신을 괴롭히는 행동은 그만하자. 살을 빼야만 진정한 행복이 시작된다는 건 틀렸어. 행복은 네 의지에 달렸어. 네가 행복하기로 선택하면 돼. 어떤 모습이든 당당해지자. 그리고 도전해서 이뤄내자 이슬아"라고 말하며 일으켜 세워줬을지도 모른다.

텔레파시 세포는 내추럴 사이즈 모델을 시작하고 앞이 너무 깜깜해서 미래가 보이지 않았을 나에게 이렇게 말해줬을 거다. "갑자기 잘만 공부하던 딸이 모델을 한다고 해서 부모님이 많이 놀라셨지? 괜찮아. 훗날에는 그 누구보다 딸을 자랑스러워하시니까. 네가 한 활동들은 누군가에게 꿈이자 위로가 되었고 영감이 되었어. 유튜브 채널을 구독하는 사람들도 15만 명이 넘었고 패션 노하우 영상은 150만 조회수를 기록했어. 패션 브랜드와의 콜라보레이션으로 활동 영역이 넓어지기도 해. 그리고 네가 직접 패션쇼까지 만든다? 그것 때문에 유명한 언론사 인터뷰도 하게 되고 무려 타임지 인터뷰도 했어! 그러니까 포기하지마 제발. 더 좋은 날들이 기다리고 있어. 곧 너를 알아주는 사람들을 만나. 지금 당장 일이 없고 미래가 안 보여서 힘들 거야. 조금만 더 버텨줘."

내가 위기에 놓일 때, 주저앉고 싶을 때마다 내 안에서 끊임없이 텔레파시가 오고 갔다. 유튜브에서 나의 가장 큰 약점이자 콤플렉스인 몸을 세상에 드러내며 보다 포지티브를 이야기하고자 했을 때도 그랬다.

‘나 하나 외친다고 뭐가 달라져? 남들 눈에는 의미 없는 시간 낭비로 보일걸. 사이즈 차별 없는 세상. 그래 말은 좋지. 그렇게 되면 행복하겠지. 근데 그게 가능하겠어? 내 주변 사람들이 나를 뭐라고 생각할까? 뜬구름 잡는 소리 하지 말고 취업 준비나 해!’

그때의 나에게 지금의 내가 이런 말로 텔레파시를 보내고 싶다.

“시간 낭비가 아니라 도전이야. 한 번의 용기는 심지를 타고 올라가 활활 불타오를 거야. 너에 대해 잘 모르는 사람들의 어쭙잖은 평가에 귀기울이지 마. 그들에게 널 상처 낼 수 있는 권리를 허락하지 마. 솔직히 안 해보면 후회할 것 같잖아. 바로 행동해. 미래는 바뀌고 있어. 왜냐하면 이제는 혼자가 아니거든. 완벽한 몸이라는 끝이 없는 마라톤 행렬 속에서 점점 이탈하는 사람들이 생기고 있어. 있는 그대로의 자신을 마주하고 콤플렉스였던 모습까지도 끌어안고 싶어 하는 사람들이 많아졌어. 우리는 나아가고 있어. 그래서 요즘은 사이즈 차별 없는 세상이 생각보다 금방 올 수 있겠다는 생각을 해. 솔직히 과거의 네가 걱정한 것처럼 때로는 살을 뺐다면 인생이 더 순탄하지 않았을까 흔들릴 때도 있어. 나 역시도 완벽하지 않음을 인정해. 하지만 너의 첫 결심이 무너지지 않도록 마음을 다잡고 더 목소리를 내볼게. 모두가 적어도 몸 때문에 꿈을 포기하지 않고, 함부로 평가받지 않고 평범하게 살 수 있는 날이 올 때까지. 그러니까 제발 너도 포기하지 말고 너만의 인생을 살아."

나는 지금 이 순간에도 내 몸이 가장 편안하고 자연스러운 몸무게로 살고 있다.

BODY POSITIVE

내 몸을 사랑하는 방법 I

#프로아나 #개말라 신드롬에 대하여

* 프로아나(pro-anorexia). 거식증을 지지하는 사람들을 뜻하는 단어.
* 개말라. '개(매우)+마르다'를 조합해서 만든 신조어.

나는 '보디 포지티브' 메시지로 사이즈 차별 없는 세상을 만들기 위해 모델, 유튜브, 패션쇼, 칼럼, 강의 등 다양한 활동을 하고 있다. 활동 중 만나는 사람들과 대화를 하면서 우리 사회가 외모로 우열을 가리는 '외모 지상주의' '외모 우월주의'에서 천천히 벗어나고 있다는 걸 느꼈다. 앞으로 몸에 대한 관점이 자유롭고 편안해질 것이라 생각했다. 그렇게 긍정적으로만 생각하고 있었다.

그러다 우연히 접한 신문 기사를 통해 거식증을 지지하는 사람들을 알게 됐다. 극심한 다이어트를 하다가 거식증에 걸리는 이야기는 자주 봤지만, 일명 '개말라 인간' '프로아나'가 되기 위해 거식증을 지지하고 굶는 걸 즐기는 사람들의 이야기는 처음이었다.

개말라 인간에는 여성과 학생이 압도적으로 많다. 이들은 살을 빼고 싶어 한다는 점에서 평범한 다이어터와 공통점이 있지만 거식증을 동경하며 뼈만 앙상하게 남은 몸을 선망하는 점에서는 차이점이 있다. 그래서 평범한 다이어트 집단과 섞이기를 거부한다.

이들의 행동은 일반 사람들 눈에 비정상적으로 보인다. 극단적인 경우 폭식한 뒤 더 잘 토해내기 위해 소금물을 마시며 더 잘 굶기 위해 커터칼로 혀를 긋는다고 한다. SNS에 예쁜 연예인과 모델들의 사진과 함께 '죽기 전에 한 번쯤은 개말라로 인생을 살아보고 싶다'는 글을 올리기도 한다. 굶겠다는 강한 의지를 내보이기 위해 트위터에서 공약을 걸기도 한다. 만약 굶는 걸 실패할 경우 팔로워 중 랜덤으로 추첨해 상품권이나 비싼 화장품을 주겠다면서.

이들의 존재를 알게 된 후 나는 충격을 받기보다 공감과 허무함, 안타까운 마음이 교차했다. 마른 몸이 아니면 모두 소용없고 쓸모없게 느껴졌던 내 과거가 떠오르기도 했다. 우리는 태어날 때부터 개말라가 되고 싶었을까? 내 몸을 자해하면서까지 마르고 싶어 하는 욕망과 살을 빼야 행복할 수 있다는 생각은 어디서 온 걸까. 어째서 있는 그대로의 내 모습을 거부하며 살아야 하는 걸까. 나는 정체를 알 수 없는 위협적인 무언가에 화가 났다.

살을 빼기 위해 지금 당장 굶고 토하는 생활이 편하다는 걸 안다. 익숙하니까 벗어나고 싶지 않다는 것도 안다. 건강에 해롭다는 사실을 인정하고 싶지 않은 것도, 모른 척 외면하고 싶은 마음도 이해한다. 나도 그랬으니까.

그러나 만약 마르고 싶은 욕망으로 고통스러워하고 있다면 이야기를 나눠보고 싶다. '지금 잘못하고 있으니까 그만둬'라고 훈수를 둘 생각도 아니고 그러고 싶지도 않다. 가르치려 드는 것도 아니고 내 의견을 강요할 생각도 없다. 나는 다이어트 강박을 겪었고 오래 굶어봤으며 먹고 토해내는 고통스러운 시간을 반복하다가 겨우 일상을 되찾았다. 단지 '나와 비슷한 증상을 겪었던 박이슬이라는 사람은 이런 생각을 했구나' 정도의 마음으로 들어줬으면 한다.

48kg. 늘 꿈에 그리던 몸무게였다. '죽기 전에 한 번쯤은 깡말라봐야지' '예쁘다는 소리도 듣고 한 줌 허리도 가져봐야지' '허벅지 사이가 붙지 않는 마른 다리도 가져봐야지'라고 늘 생각

했다. 오죽하면 고등학교 때부터 적었던 버킷리스트의 가장 첫 번째 목표가 165cm에 48kg이 되는 거였다.

나 자신에게 '뭐 하고 싶니?'라고 물었을 때 인생을 통틀어 가장 간절하게 원했던 꿈은 다이어트에 성공하는 거였다. 다이어트는 내 삶의 우선순위 중 가장 높은 위치에 있었으며 늘 방심하지 않고 노력해야만 하는 목표였다. 그랬던 내가 마른 몸에 대한 환상을 깼던 두 가지 깨달음이 있었다.

첫 번째 깨달음은 다이어트에 성공하는 꿈을 꾼 후 찾아왔다. 꿈속에서 나는 사람들의 부러운 시선을 느끼며 행복에 휩싸였다. 그러나 곧 부족한 점이 보였고 나보다 예쁜 사람을 보니 불행함을 느꼈다. 묘한 꿈이었다. 꿈에서 깬 후 의문이 들었다. 과연 내가 48kg까지 뺀다면 죽어도 여한이 없는 행복한 인생을 살게 될까? '나는 100퍼센트 내 모습에 만족해! 이제야 나는 나를 사랑할 수 있어!'라고 하루아침에 인생이 진정으로 행복해질까 고민해봤다.

그러자 다른 생각들이 연이어 떠올랐다. 광대뼈가 콤플렉스였으니 광대뼈를 깎고 싶었을 것 같고 키도 더 키우고 싶었겠지. 온몸에 난 털도 레이저 제모를 했을 테고 보조개도 만들었을 것 같았다.

배우 김태희처럼 되고 싶어서 머리끝부터 발끝까지 김태희와 똑같이 바꿨다고 가정해봤다. 꿈에 그리던 김태희와 비슷해졌으니 평생 행복했을까? 오히려 평생 불안 속에서 살았을 것 같았다. 가짜 김태희라고 손가락질 받으면 어떡할지에 대한 두려움, 혹시나 모를 성형 부작용에 대한 두려움, 여기서 조금이라도 살이 찌면 어떡하나 미쳐버릴 것 같은 강박. 끝이 없었다.

'진짜 48kg만 되면 행복할 것 같아? 정말? 그렇게만 되면?'

다시 나에게 물었다. 아름다움의 기준은 계속해서 바뀌고 유행하는 얼굴과 시술도 바뀐다. 그럼 나는 또 유행을 따라가겠지. 문제는 살쪄서 못생겨 보이는 내 몸이 아니라 내 정신이었다는 사실을 깨달았다. 정작 내 마음속에 내가 없는데 어떻게 나만의 인생을 살 수 있을까. 완벽한 아름다움에 대한 허무함을 느꼈다.

두 번째 깨달음은 버킷리스트를 적을 때 찾아왔다. 날씬하고 예뻐져서 도대체 뭘 이루고 싶었는지 곰곰이 생각해봤다. 나는 종종 다이어트에 성공한 내 모습과 상황을 상상해서 적곤 했는데, 상상 속에서는 항상 유사한 레퍼토리가 반복됐다. 상상

속의 나는 살을 빼고 다음과 같은 것들을 손에 넣었다.

- 잘생기고 훈훈한 남자친구
  (혹은 내가 짝사랑하는 상대에게 사랑받음)
- 사람들에게 인정받음
- 부모님의 '예뻐졌다'는 칭찬
- 어떤 옷을 입어도 잘 어울림
- 미인 대회에 나가서 수상함
- 행복
- 예쁘고 똑똑하고 잘나가는 학생
  (혹은 커리어우먼)

막상 적고 나니 허무했다. 나는 다이어트로 인해 탈모, 얼굴과 목 부종, 우울증, 무기력함, 대인기피, 심각한 자기혐오, 음식에 대한 거부, 몸이 보내는 이상 신호 등 부작용을 겪으며 정상적인 일상과 멀어졌다. 어떤 부작용이 생길지 모르는 행동들을 쉽게 시도했다. 내가 부작용을 감수하고 건강을 잃으면서까지 노력했는데 예뻐지고 난 뒤 내가 얻고 싶은 것들은 이것뿐인가? 안 예쁘면 이룰 수 없는 것들인가? 답은 이미 내 안에 있었다. 참 허무했다.

그때부터 본질이 보였다. 정말 내가 원하는 건 나의 성취와 발전, 인정과 명예, 그리고 행복이었다. 이걸 이루기 위해 예뻐지고 싶었구나. 내가 이룰 수 있는 꿈이 고작 '예쁜 여자' 하나가 아님을 깨달았다. 살을 빼서 예뻐지고 날씬해지는 것 이상으로 더 멋진 꿈을 이루며 살기로 결심했다. 지금 이 글을 읽고 있을 당신에게도 묻고 싶다. 단순히 외모가 예뻐지길 원하는 것인지 아니면 나처럼 외모 이면에 이루고 싶었던 다른 욕구가 있는 것인지.

인간은 본능적으로 아름다움을 추구한다는 말이 있다. 미학이 괜히 생긴 학문이 아니라는 사실도 알고 있다. 나는 결코 아름다움을 향한 욕구를 깍아내리는 것이 아니다. 진짜인 사람들도 있는 반면 나처럼 다른 욕구를 투영하고 있는 사람들도 있을 것이다. 진지하게 고민해봤으면 좋겠다.

프로아나를 향한 시선은 대부분 부정적이다. '프로아나는 심각한 문제다' '굶기 위해 혀를 칼로 긋는다' '제대로 굶지 못하면 돈을 걸고 다이어트를 한다' '마르고 싶은 욕망으로 거식증을 찬양한다' '굶었다는 걸 자랑스러워한다' 등 마른 몸에 병적으로 집착한다고 여긴다.

그러나 나는 조금 다른 관점으로 바라보고 싶다. 프로아나는 정말 독한 사람이다. 그래서 뭘 해도 될 사람이다. 그 의지와 노력으로 제대로 인생 한 방 크게 터뜨릴 사람이라고 생각한다. 진심으로.

사실 다이어트 강박증에 식이장애까지 걸릴 정도면 독한 사람이 맞다. 목표 의식이 분명하고 완벽을 추구하며, 실수하면 어떻게든 무슨 방법을 써서라도 만회하고 반성하고 다시 도전하는 성격일 것이다. 이러한 목표 의식과 집념으로 해내지 못할 일은 없다고 생각한다. 다이어트에 실패했기 때문에 의지가 약하다? 실패했음에도 묵묵히 일어나 다시 시작하고 도전하는 의지가 더 대단한 것이라고 생각한다.

그러니 실패가 아니다. 충분히 잘하고 있다고 말해주고 싶다. 모두 괜찮다.

BODY POSITIVE

내 몸을 사랑하는 방법 2

솔직한 '나 자신'과 만나고 싶다면

내가 다이어트를 그만둔 뒤부터 현재의 일상에서 건강한 마인드를 세팅할 수 있었던 방법을 자세히 소개해보려 한다. 바로 명상이다.

나도 그랬지만 사람들은 보통 명상에 대해 잘못된 편견이나 오해를 가지고 있다. 사이비 종교, 신비주의, 샤머니즘 등 명상을 둘러싼 오해와 편견이 많다. 물론 명상을 잘못된 목적으로 실행하는 곳도 있지만 내가 만난 명상은 '현재에 머무르는 것'이 전부다(나는 이상한 시설이나 학원을 다닌 적 없고 혼자 집에서 명상을 해왔다는 것을 미리 밝힌다).

가장 보편적인 명상 방법은 이렇다. 조용한 곳에서 편안한 자세를 취하고 눈을 감고 호흡에 집중하는 것. 들이마시는 숨이 코에서부터 몸의 어디를 지나치는지 느끼고, 반대로 숨을 내쉴 때는 몸에서 어떻게 나가는지 호흡에만 집중하며 다른 생각을 지우면 된다.

요즘은 숨을 들이마실 때 공기 대신 따뜻한 온기가 내 몸에 퍼진다는 상상을 하며 머리끝부터 발끝까지 전달되는 느낌으로 명상한다. 때로는 등산하며 자연 소리를 듣고 내 살갗에 닿는 감각들을 느끼며 '지금 이 순간'에 머무르려고 노력한다.

처음에는 아마 호흡 횟수를 세며 집중하려 해도 무수한 생각들이 불쑥불쑥 떠오를 것이다. 하지만 이는 자연스러운 반응이다. 그저 '아, 내게 이런 생각이 떠올랐구나'라고 내버려두자. 그리고 자신을 객관적으로 바라본 뒤 생각들을 '잠시만 안녕~' 하며 보내주고 다시 호흡에 집중하면 된다.

명상에 대해 알고 본격적으로 시작한 지 약 1년이 됐다. 명상을 하니 실제로 감정의 널뛰기가 줄어들었고 내 감정이 어디에 위치해있는지 금세 알아차리게 됐다. 부정적인 감정들이 올라오면 무시하거나 억누르는 것이 아니라 객관적으로 바라보며 이전보다는 비교적 덜 힘들게 스쳐 지나갈 수 있게 됐다. 무엇보다 명상을 꾸준히 하면서 돌이켜보니 식이장애와 강박증을 고칠 당시에 이미 내가 명상을 했다는 사실을 깨달았다. 더 정확히 말하면 거울을 통한 명상을 했었다.

다이어트를 그만둔 초기에 마음껏 먹자고 마음먹었을 때 사실 너무 불안했다. 조금만 먹어도 죄책감이 치고 올라와 목이 따끔거리고 속이 울렁거렸다. 하루는 덜컥 겁이 나서 살이 얼마나 쪘는지 확인하려고 거울 앞에 섰다. 거울에 비친 내 모습은 마음에 안 드는 것 투성이었지만 두려움을 비롯한 모든 부정적인 감정을 억누르고 무시하려고 했다. 근데 우연히도 그 순간 내게 느껴지는 감정을 직시하고 내 모습을 있는 그대로 마주 봐야겠다는 결심이 섰다.

"화나고 두려운 기분이야. 대체 뭐가 그렇게 화나고 두려운 거지?"

그때부터 나는 거울 명상을 시작했다. 진지하게 거울 속 내 눈을 마주 보며 대화를 나눴다. 그러자 나도 모르고 있던 내면 깊은 곳의 감정과 생각이 불쑥불쑥 튀어나왔다. 그 생각들은 처절하기도 했고 참 추하기도 했다. 내 경우는 살찌는 것에 대한 초조함이 '계속 살쪄서 애인이 안 생기면?' '이성에게 사랑받지 못하고 미움받으면?' '결혼을 못 하면?'이라는 두려움에서 기인되었다는 걸 깨달았다. 내가 생각보다 인생에서 사랑과 연애를 중요하게 생각하고 있다는 걸 그때 처음 알았다.

이처럼 거울을 통해 나와 마주 보고 생각하고 나아가며 내 안에 갇혀있던 잘못된 편견과 생각으로부터 해방될 수 있었다. 인생에는 결혼이 전부가 아니구나, 결혼을 반드시 해야 한다고 생각하지 않으면 오히려 내가 도전할 수 있는 일들이 더욱 다양해지는구나, 결혼이 행복한 길일 수 있지만 결혼하지 않는 것도 행복한 길일 수 있구나.

나는 결혼처럼 특정 주제나 대상에 내가 가졌던 느낌과 무의식을 하나하나 건져내고 알아차렸다. 거울 명상을 통해 내 감정을 제대로 마주하고 받아들이고 보내주는 연습을 했다.

명상을 하기 전에는 폭식으로 불안하고 부정적인 감정에서 헤어 나오지 못했지만, 거울 명상을 한 후에는 불안함을 알아차리고 왜 불안한지 나에게 물었으며 내 안에 잠재되어 있던 다양한 무의식을 꺼내게 됐다. 이 방법을 자주 사용하니 더 이상 폭식으로 고통스럽지 않았고 음식에 대한 스트레스도 줄었다. 진짜 배고픔으로 인한 식욕보다 스트레스로 인한 가짜 식욕이 더 컸다는 점도 알게 됐다.

내면과의 다양한 대화는 다이어트에 머물러있던 하루를 좀 더 다채로운 도전들로 채워주었다. 그렇게 상황이 많이 좋아졌다. 때로는 굉장히 오글거리고 장난스러운 말을 나에게 해주기도 했다.

"오구오구~ 우리 이슬이 치킨 먹었어? 잘했어! 먹고 싶은 거 다 먹어도 괜찮아! 이런 게 인간적인 거지. 이슬이가 하고 싶은 거 다 해! 알겠지?"

이렇게 말하다보면 금방 기분이 좋아졌다. 순수한 미각을 통한 기쁨도 알게 되어 어떻게 더 잘 먹을 수 있을지, 어떤 걸 먹어야 내 몸이 행복하고 기분도 좋은지에 집중하게 됐다.

요즘은 명상을 다이어트에 제한하지 않고 삶 전반의 평온과 안정감을 위해 한다. 완벽한 지금 이 순간에 온전히 머무를 때의 희열과 기쁨을 온 세상 사람들이 알게 되면 좋겠다. 명상은 가장 솔직한 민낯의 나를 만나게 해줄 가장 빠른 지름길이 되어줄 것이다.

보디 포지티브의 한계

나는 '보디 포지티브'를 주제로 100명의 사람을 만나 인터뷰하는 프로젝트 <나를 만나다>를 진행하고 있다. 사람들을 내 스튜디오로 초대해 즐거운 분위기에서 그들 본연의 모습을 끌어내 사진을 찍고 포토샵 보정 없이 원본을 전달한다.

촬영이 끝난 후에는 보디 포지티브와 관련된 다양한 주제로 인터뷰를 한다. 본인의 신체 콤플렉스는 무엇인지, 지금까지 타인에게 들었던 외모 평가 중 최악은 무엇인지, '나다움'이란 무엇이라고 생각하는지 등 내면의 본인을 만나 깊이 고민해야만 답을 내릴 수 있는 질문을 던진다.

늘 궁금했다. 사람들이 보디 포지티브라는 주제에 관심 있는 건 분명하고 사회적으로 꾸준히 이슈화되고 있는 것도 맞다. 그런데 어째서 파급력은 미미한 걸까. 사람들에게 선한 영향력을 주기에 충분한 메시지인데 어째서 화제만 되고 끝나버리는 걸까.

나는 이 물음의 답을 인터뷰를 진행하며 알 수 있었다. '보디 포지티브라는 말을 들었을 때 어떤 생각이 드는지' 묻는 질문이었는데 놀랍게도 사람들의 대답은 똑같았다.

"자신의 몸을 있는 그대로 사랑하는 것. 보디 포지티브가 담고 있는 메시지는 정말 좋죠. 저도 그렇게 하고 싶어요. 그런데 솔직히 말하면 와닿지 않아요. 내 몸에서 콤플렉스라고 생각했던 부분을 어떻게 하루아침에 사랑할 수 있을까요?"

정답이었다. 나 역시도 내 콤플렉스를 수용하고 사랑하기까지 오랜 시간이 걸렸다. 심지어 지금도 간혹 '내가 더 날씬했다면 살기 편했을까?'라는 고민을 하는 불완전한 존재다. 아무리 자신의 모습을 있는 그대로 사랑하려 해도 주변에 방해하는 요소들이 그대로 남아있으니 의지가 꺾이고 화제성이 오래가지 못하는 것이다.

이러한 환경에서 보디 포지티브를 실천하자는 말은 그저 사람들에게 눈과 귀를 닫고 '내 몸은 있는 그대로 예쁘다'고 주문을 걸으라는 말로밖에 느껴지지 않겠다는 생각이 들었다. 나는 사람들에게 질문했다. 왜 본인의 몸을 사랑하지 못하는지, 왜 콤플렉스라고 생각하는지.

"성형수술을 하면 인생이 바뀐다고 유혹하는 광고가 너무 많아요. 성형수술 할 생각이 없어도 인생이 바뀐 후기를 읽다 보면 왠지 내 모습이 부족해 보인달까요. 인스타그램에도 예쁘고 멋있는 일반인들 사진이 많잖아요. 내 모습과 비교되고 사진을 보는 것만으로도 위축돼요. 세상 사람들은 갈수록 예뻐지는데 나만 그대로인 느낌. 나만 뒤처지는 느낌…"

이 밖에도 외모가 괜찮아야 연애, 취업, 커리어, 결혼, 인간관계에서 더 많은 기회가 생긴다는 현실이 사람들을 열등감 덩어리로 만들었다. 미적인 부분은 삶의 질을 높이는 데 필요조건인 셈이었다. 그러나 사람들 마음속 깊은 곳에 큰 상처를 남긴 건 다름 아닌 사랑하는 사람, 친한 친구, 직장 동료 입에서 나온 외모 평가였다.

사람들은 칭찬이든 험담이든 자신이 한 말은 잘 기억하지 못한다. 반면 듣는 사람은 언제, 누가, 어떤 상황에서 어떤 말을 했는지 또렷하게 기억한다. 내가 인터뷰를 했던 사람들도 그랬다. 나이를 먹고 세월이 흘렀지만 그들은 여전히 '그 말'에 묶인 채로 살고 있었다.

"다 너를 생각해서 말해주는 거야."

그들에게 상처가 됐던 대부분의 말들은 걱정과 사랑이라는 그럴듯한 포장지를 두르고 있었다. 하지만 이 말은 사람들에게 마치 "그것 때문에 너는 완전하지 않지만 그것만 사라지면 더 인정과 사랑을 받을 수 있을 거야"처럼 들렸을 것이다. 그때부터 단점들을 남들과 비교하고 고치려고 노력하는 마라톤이 시작되었을 것이다.

나 또한 내게 콤플렉스를 만들어준 사람들을 기억한다. 내 얼굴에 달이 떴다는 말, 종아리에 근육이 왜 이렇게 많냐는 말, 넌 여자인데 왜 남자인 자신보다 어깨가 넓냐는 말, 살 빼면 사귀어준다는 말. 내게 어떤 상황에서 어떻게 말했는지 선명하게 기억한다. 그들의 말 때문에 다이어트는 물론이고 윤곽수술을 해야 할지, 종아리 근육을 빼는 보톡스를 맞아야 할지 매일 고민해야만 했다. 그들이 만들어준 콤플렉스만 해결하면 나는 더 괜찮고 완벽한 사람이 될 것 같았으니까.

생각할수록 아이러니하다. 왜 예뻐지는 것을 '성장했다'고 표현할까? 몸을 자로 재어 우수한 부분과 열등한 부분을 구별하고 열등한 부분을 고치면 그제야 완전무결한 사람이 되는 걸까? 아름다움의 척도는 누가 정하는 걸까?

다른 사람이 만든 척도로 내 몸을 깎아내고 아파하면서도 한편으로 나의 척도를 다른 사람에게 제시하지 않았는지 되새겨볼 필요가 있다. 어쩌면 이 책을 읽고 있는 당신이 조금은 더 나은 환경을 만들 수 있지 않을까? 우리의 몸은 서로 다를 뿐이며 등급이 매겨지는 고깃덩어리가 아니라는 것을 당당하게 말할 수 있지 않을까?

다이어트를
그만두었다

펴낸날 초판 1쇄 2020년 6월 17일

지은이 박이슬

펴낸이 임호준
본부장 김소중
책임 편집 이상미 | **편집** 박햇님 김유진 고영아 현유민
디자인 김효숙 정윤경 | **마케팅** 정영주 길보민
경영지원 나은혜 박석호 | **IT 운영팀** 표형원 이용직 김준홍 권지선

인쇄 (주)웰컴피앤피
표지 및 본문일러스트 혜원 @katediary

펴낸곳 비타북스 | **발행처** (주)헬스조선 | **출판등록** 제2-4324호 2006년 1월 12일
주소 서울특별시 중구 세종대로 21길 30 | **전화** (02) 724-7637 | **팩스** (02) 722-9339
포스트 post.naver.com/vita_books | **블로그** blog.naver.com/vita_books | **인스타그램** @vitabooks_official

ISBN 979-11-5846-332-8 03800

• 이 도서의 국립중앙도서관 출판예정도서목록(CIP)은 서지정보유통지원시스템 홈페이지(http://seoji.nl.go.kr)와 국가자료공동목록시스템(http://www.nl.go.kr/kolisnet)에서 이용하실 수 있습니다. (CIP제어번호: CIP2020022686)

• 비타북스는 독자 여러분의 책에 대한 아이디어와 원고 투고를 기다리고 있습니다.
책 출간을 원하시는 분은 이메일 vbook@chosun.com으로 간단한 개요와 취지, 연락처 등을 보내주세요.

비타북스 는 건강한 몸과 아름다운 삶을 생각하는 (주)헬스조선의 출판 브랜드입니다.